I0686219

INVENTAIRE

D

40807

ADRIAN HVCHER

MINISTRE

D'AMYENS, MIS A L'INQVI-

SITION DES PASSAGES DE LA
Bible de Geneue, d'où appellant aux
Consequences, il demeure muet.

OV

Les actes de la Conference entre le P. François Veron de
la Compagnie de Iesvs, & M. Adrian Hucher
Ministre de la Religion pretenduë à Amyens.

Sur le subiect du Sainct Sacrement de l'Autel.

Par la seule Bible de Geneue:

En presence de Monseigneur le Duc de Longueuille, Monsieur
le Marquis de Bonuet, Madame de Bours, & de quelque
200. personnes, Catholiques & Religionnaires.

Enuoyez par le sieur de la Tour Gentil-homme ordinaire de Mondit seigneur le Duc, au Sieur de Rotois, Gentil-homme de la Venerie du Roy.

A LA FLECHE,

Chez Jacques Reze' Imprimeur du Roy,

M. CD. XV.
AVEC APPROBATION.

SOMMAIRE DE LA
Conference.

ESTE Conference a esté continuée par trois iours. Au premier le Ministre est mis à l'inquisition de quelque texte de la Bible de Geneue, qui nous argue d'erreur sur le suiect du S. Sacrement de l'Autel, duquel il s'agissoit, & ne le pouuant trouuer, le Iesuite le tient à la question, le gehenne l'espace de trois heures par plus de vingts de nandes iterées, & par ceste si longue, & aspre torture luy faict confesser, qu'il ne peut agir contre nostre croyance par aucun texte exprez, & formel : Il confesse cela deux fois expressément en presence de l'assistance, & tacitement ou virtuellement plus de dix ou douze fois: car sommé autant de fois d'apporter quelque pure parole, au lieu de texte exprez, il respond autant de fois qu'il suit ; mettant en auant au lieu de texte formel quelque consequence. Estant en la seconde seance admis à prouuer sa consequence, apres quelque trainée d'arguments, il demeure en fin totalement muet l'espace de plus d'vne demye heure. Que fera-il au iour arresté pour la troisiesme seance ? Admettra-il le combat ? bien qu'il eust faict venir en poste toute nuict le Ministre de Clermont à son ayde, & secours, il n'osa entrer en lice. Par ceste fuite honteuse print fin ceste Conference.

A ij

ADVERTISSEMENT AV
Lecteur.

Ie me sers de trois sortes de charactere en ceste lettre. En cestui-cy i'escris ce que i'ay couché par les propres mots & termes du narré de la Conference, soub-scrit par le Pere Iesuite, & par les Gentils-hommes de Monseigneur de Lengueuille mon Maistre.

Ce second charactere, contient, ce qui a esté signé non seulement des susdits, mais aussi du Ministre, lequel apres plusieurs instances faictes par le Pere Iesuite, en fin huict iours apres la Conference, signa de tout ce qui s'estoit dict, faict & escrit par les deux Secretaires de la Conference, l'un Catholique l'autre Religionnaire, ce qu'il pensa luy pouvoir moins tourner à blasme, vayant comme il estoit demeuré muet: & refusant de soub-scrire à tout le reste, qui s'estoit passé, qui plus luy chargeois le front de honte.

Le troisiesme charactere contient le reste de la lettre.

Les soub-scriptions tant du Pere Veron que des susdits Gentils-hommes, & du Ministre, sont mises à la fin de ceste lettre.

SECONDE LETTRE DE

*Monsieur de la Tour, Gentil-homme ordi-
naire de Monseigneur de Longueuille, escrite
à Monsieur de Rotois, Gentil-homme de la
Venerie du Roy.*

MONSIEVR,

Tandis que la rigueur du temps empes-
che que ny cheuaux ny chiens, ne puissent courrir les Cerfs, ie vous feray voir
sur ce papier la chasse d'vn Ministre,
qui fuit, qui ruse, qui donne le change,
& vn Iesuite qui à perte d'aleine le
pourfuit, le ferre, le force, le reduit aux derniers abois.
Ceste chasse dura trois iours, ceste Conference a esté
continuée par trois seances. I'ay assisté (accompagnant
auec plusieurs Gentils-hommes, Monseigneur le Duc de
Longueuille mon Maistre,) à la seconde & troisiesme,
les actes de la premiere furent leus & recogneus pour legitimes tout au commencement de la seconde en presence de Monseigneur, partant ie suis auec les autres
Gentils-hommes de mondit Seigneur, qui ont soub-signé
ceste Conference, tesmoing oculaire de tout ce qui s'est
passé de principal; ce que ie n'ay veu concernant la premiere rencontre; ie l'ay appris par le recit de personnes
illustres & tres-dignes de foy qui y estoient, & pour se-
parer cela du narré & des actes soub-signez par les susdits Gentils-hommes, ie l'ay escrit en charactere diffe-
rent des autres. Voicy tout le narré.

Madame de Bours, que vous cognoissez extrémement
entiere en son opinion pretenduë reformée, venant à

A iij

Amyens, le vingt-deuxiefme de Ianuier, vn Iefuite nommé le Pere Veron qui nous prefchoit pour lors les Di-
manches à noftre Dame, apres auoir prefché à Abbeuille
l'Aduent, où il auoit traicté fouuent auec ladicte Dame,
s'aduifa que ce feroit vn bon moyen pour luy faire recognoiftre la verité, que d'attirer le Miniftre d'Amyens à
la difpute en fa prefence, n'ayant peu à Abbeuille y faire
ioindre le Miniftre de ces quartiers là ; ce qu'il fit mer-
ueilleufement à propos, par l'entremife d'vne perfonne
Catholique. Icelle requife de cooperer à ce bon œuure,
apres auoir tenté quelques autres moyens, n'en ayant
d'autre, fit au nom de Bourq, appeller le Miniftre : venu
qu'il fut, il monte en la chambre ou eftoit ladicte Dame,
expofe ce pourquoy il eftoit venu ; la Dame defadüoüe
le meffager. Le Pere s'eftoit mis à la venüe, attendant
le Miniftre au paffage, aduerty de fon entree dans l'ho-
ftellerie le fuit de fi prez qu'il met le pied en la chambre
de Madame prefque auffi toft que celuy qu'il vouloit faire entrer en lice. Ce fut vne prouidence diuine qu'il le
fuyuit de fi pres, car le Miniftre voyant qu'il auoit efté
trompé, alloit prendre congé de la Dame, vous pouuez
penfer fi l'vn & l'autre fut eftonné de voir proche celuy
qu'il voudroit auec tous ceux de fa robbe bien efloigné
de nous. La Dame auffi toft qu'elle eut apperceu le Pere
Iefuite celuy qu'elle n'euft voulu voir, fe tournant vers
fon pafteur pretendu, le fupplie de la laiffer dire & faire,
ce qu'il fit. Le P. Veron falue Madame, cependant le Miniftre eut vn peu de loyfir pour trembler à fon aife, car
iamais Renart pris à la trappe ne fut plus eftonné que ce
pauure berger de l'Eglife fans loy, ie veux dire de fa loy
(ainfi fe nomme le lieu ou fe faict le prefche) quand il
apperceut celuy qu'il n'attendoit nullement, & dont la
feule robbe eft capable de faire craindre les plus affeurez
de fon party: fa crainte ne fut point fans fujet, car le Pere n'eut pas pluftoft falüé la Dame, qu'il donna au Miniftre vne falve guerriere par vn cartel de deffy grandement aduantageux, pour le Miniftre, il luy accordoit de

gayeté de cœur la qualité de reformateur, il admettoit
pour iuge la pure parole escrite, & qui plus est (& dont ie
louë son courage & sa valeur) la parole corrompuë par
ceux de Geneue; se desarmant volontairement pour attirer l'aduersaire au combat de l'antiquité des traditions,
des Saincts Peres, de l'histoire Ecclesiastique, des Conciles generaux, en fin mesmes des discours & raisons hu-
maines. Si est-ce que tous ces aduantages ne furent point
assez puissans pour renforcer le courage du Ministre ab-
batu par la deffiance de l'injustice de sa cause, de façon
qu'au lieu d'entrer en lice, il se iette sur vn lieu commun
d'vn viel presche contre les Iesuites & leur doctrine,
allant de la cheure aux choux; & par vne ruze malicieuse
s'efforçant d'eschauffer ce bon Pere, & le mettre en hu-
meur par ses iniures; qui neantmoins ne se laissa point
surprendre, ains le sçeut bien reduire du faict au droict,
representant à la Dame qu'il n'estoit point question de
la vie des Iesuites, mais de la verité de la Religion; luy
donnant parole qu'il luy seroit voir aussi clair que le Soleil en plein midy, que tous les Ministres en l'exercice de
leur charge estoient des abuseurs, & tous ceux de leur
party abusez: que ce que les bergers reformans & reformez ont tant eu la bouche, escriture escriture, n'est que
supercherie malicieuse, pour enjoller les simples: & si tant
est qu'ils ne parlent que par l'escriture, & luy font dire ce
qu'ils professent, il est resolu de les recognoistre pour les
fils aisnez du Paradis, le troupeau d'eslite, & vrays reformateurs; L'on s'approche cependant de la table, que le
Ministre ne pouvoit voir de bon œil, d'autant qu'il la
preuoyoit devoir estre vn champ funeste à son honneur,
& à celuy de son party. Vous verrez (Monsieur) en ceste
dispute estre de poinct en poinct obseruée la façon par
laquelle, en la lettre que ie vous ay escrit peu de iours y a,
le Pere nous enseignoit, qu'il falloit agir contre les Ministres & Religionnaires; & apprendrez la practique de
la Venerie des bestes noires. Le Pere ouurit le pas au
Ministre en ceste maniere.

Vous dictes en l'article 31. de vostre confession de foy que vous estes enuoyez de Dieu, pour reformer nos abus, & pour nous apporter la verité : & en l'article 5. promettez de le faire par la pure parole. Premierement ie vous peux debatre la qualité que prenez de reformateur : toutesfois pour entrer en Conference auec vous, gratuitement ie vous admets à ce tiltre, & suis content d'estre reformé de vous, si i'ay des erreurs : Mais secondement ie vous demande par quelle reigle il vous plaist me reformer ? Vous me respondez que le voulez faire par la pure & seule parole de la Bible, sepofant l'authorité des Conciles, des miracles, des visions, des arrests, des Edicts, de l'antiquité, comme dictes en vostre article cinquiesme. Il m'est bien dur de renoncer à tout cela : mais toutesfois pour entrer en Conference, ie m'offre à y renoncer, pourueu que me monstriez par la pure parole mes erreurs pretendus, 3. ie vous demande par quelle version de l'escriture vous me voulez reformer ? par celle de Geneue peut-estre ? ie la peux refuser, mais encore ie vous faits ceste faueur. Voyla trois gracieusetez que ie vous faits, la premiere de vous admettre à me reformer, la seconde de le faire par la pure escriture, la troisiesme de le faire par l'escriture de Geneue : mais souuenez vous de me tenir promesse, car si au lieu de la pure parole vous m'apportez vos interpretations, vous me manquerez de parole, dementirez vostre foy, & ie serois bien desnué de iugement, de renoncer à l'antiquité, aux Saincts Peres, aux miracles, aux Conciles, visions & c. pour vos interpretations ou fantaisies.

Conformément à ce que dessus, ie vous demande deux choses : la premiere que me monstriez par la pure parole la
verité

verité des articles que voulez que ie croyè. la seconde que
par la mesme parole me faciez voir mes erreurs. Commen-
cez par la premiere. En vostre confession de foy article trente six & trente sept, vous dites, que l'on apprehende par
la foy, & (selon les termes vsitez entre vous) par la bouche de la foy le corps de Iesus-Christ en la Cene, & qu'i-
celle est figure dudit Corps: monstrez moy cela par la pure
parole. En apres monstrez moy par la pure parole que i'erre
en ce que ie croy le Corps de Iesus-Christ, estre reellement
en l'Eucharistie. Commençons par ceste matiere, Monsieur
le Ministre, c'est la principale de nos debats: monstrez moy
en la Bible de Geneue 1. ce que vous voulez que ie croye
de l'Eucharistie, 2. que ce que i'en croy est abus: si i'erre,
en ce principalement i'erre, & puis nous passerons à mes
autres erreurs pretendus.

Ce disant, le Iesuite qui tenoit en main le nouueau
Testament de la version de Geneue, offre ledit Testament tout ouuert au Ministre, luy disant, monstrez moy en
ceste pure parole que la Cene (ou la figure du Corps de nostre Seigneur, & apres, où est bouche de foy?

Le Ministre refuse de commencer par ce poinct de
vouloir reformer le Iesuite, & veut se bastir vne Cartha-
ge à la mode de ce Cheualier Romain, pour la ruiner par
apres à plaisir; il en veut aux Agnus Dei, & par vne schia-
machie se faict vne ombre pour la combatre, prest si l'on
l'en veut croire, de faire passer en tiltre de choses auerées
en l'Eglise Romaine, ce qu'il aduance faussement, sçauoir
est, que nous autres Catholiques croyons que les Agnus
Dei ont pareil pouuoir au sang de Iesus-Christ, pour la
remission des pechez. Le Iesuite faict instance qu'on
commence à le reformer par quelque poinct principal
de sa croyance; & sans qu'on luy impose qu'il croit ce
qu'il ne croit pas. Vous estes malade replique le Mini-

B

ftre, & playé depuis la plante des pieds iufques au fom-
met de la tefte, laiffez faire au Medecin à vous penfer ; à
quoy refpond le Iefuite, que s'il eftoit fi playé, la croyance de l'Eucharistie, eftoit vne playe qui luy donnoit la
mort, ce qu'il tenoit des Agnus, n'eftoit qu'vne efgratigneure en comparaifon; que le Medecin ne doit commencer la cure d'vn malade bleffé à mort, par quelque
efgratigneure qu'il euft ; il adioufte que le Miniftre ne
vouloit que faire efcouler le temps de la difpute par ceft
entretien. L'aduerfaire perfifte obftinément en fon def-
fein, promettant toutesfois apres le point de l'Agnus venir au fainct Sacrement de l'Autel, Ainfi celuy qui auoit
promis felon l'article trente & vniefme & cinquiefme de
fa confeffion de foy, monftrer au Iefuite fes erreurs par la
pure parole de Dieu, & le reformer par icelle, commença
à executer cefte entreprife en cefte maniere. Vous, Iefuite, croyez que les Agnus Dei effacent les pechez comme
le fang du fils de Dieu, c'eft vne fuperftition & Idolatrie
grande. Le Iefuite oyant cefte propofition du Miniftre
qui faifoit force en ce mot (comme) le prenant pour vn
terme fignifiant vne efgalité & parfaicte reffemblance
auec quelque chofe, s'efcrie qu'iceluy ne vouloit que
faire efcouler le temps, tefte tous les Catholiques fi iamais ils auoient creu ce que leur impofoit le Miniftre,
auquel il dict que le voulant defabufer, il ne le deuoit reformer en vn abus qu'il n'auoit. Le Miniftre replique, fi-
gnez que ne croyez la fufdicte doctrine, le Iefuite le fi-
gne vne & deux fois. Nonobftant le Miniftre pourfuit &
veut prouuer au Iefuite qu'il la croit. Ie ne puis vous rap-
porter de mot à mot ce qu'il dit, car (honteux ie croy,
d'auoir commencé fi mal fa reformation) il a frauduleu-
fement fouftraict & defrobé de la minute de la Conference, ce qui concernoit ce poinct, & n'en a iamais voulu
donner coppie à fon aduerfaire, bien qu'il en ait efté
fommé plufieurs fois; mais bien vous diray-je, que toute
force de ce qu'il apporta touchant ce poinct en cefte
premiere feance, & le lendemain en la feconde, confiftoit

en vn paſſage, qu'il diſoit en la premiere ſeance eſtre d[u]
Pape Nicolas, & en l'autre, il dit eſtre du Pape Vrbain
en ces termes. *Omne malignam peccatum frangit vt Chriſ[ti]
ſanguis & vngit.* c'eſt à dire l'Agnus Dei rompt & angoiſ-
ſe tout malin peché comme le ſang de Ieſus-Chriſt. Le
Pere luy demande qu'il luy moſtraſt ce paſſage, le pauure
Miniſtre, qui ne l'auoit leu que dans vn petit liure huguenot nommé l'Anticoſtere, demeura court tant en la
premiere qu'en la ſeconde ſeance en ſa citation: & le Pere adiouſta que quand le vers cotté ſeroit du Pape, que le
mot (comme) auquel eſtoit la force de l'argument, ſignu-
fioit en ce lieu rapport & proportion ; & non vne pa[r]fai-
cte reſſemblance & eſgalité, de laquelle ſeule il auoir pa[r]-
lé auparauant, car il s'eſtoit aſſez expliqué, toute choſe
ſaincte (dit-il) ayde au lauement des pechez, & partanc en
ceſt effect a quelque rapport auec le ſang de Ieſus-
Chriſt, l'effect duquel eſt lauer les pechez, ainſi Daniel
aduertit le Babylonien qu'il euſt à racheter ſes pechez
par aumoſne? en quoy icelles aumoſnes en quelque façon
rachetent comme le ſang de Ieſus-Chriſt ; mais ny l'aumoſne ny l'Agnus operent parfaictement ceſt effe[ct]
comme le ſang de Ieſus-Chriſt : car le ſang en eſt cauſ[e]
d'vne façon bien plus haute, ſçauoir comme cauſe meri[-]
toire principale de la remiſſion de nos fautes ; Mais (adiouſta le Pere) venons à medicamenter la playe mortell[e]
& principale, venons au poinct du ſainct Sacrement. Cù
fut vne choſe eſtrange, que ceſt eſprit acariaſtre reſolu
de faire couler le temps, nonobſtant que le Ieſuite perſi-
ſtaſt à nier qu'il creut que les Agnus effacent les pechez
à la maniere & façon que le ſang de noſtre Seigneur l[es]
efface, & que l'Egliſe ou le Pape euſt telle creance, tou[-]
tefois il vouloit obſtinément prouuer au Ieſuite qu'il
croyoit. Le defaut de la cognoiſſance de Logique q[ui]
enſeigne à diſtinguer les termes equiuoques & qui on[t]
pluſieurs ſignifications, faiſoit lourdement chopper l[e]
Miniſtre; combien de fois le terme (comme,) ſignifie-[t]
quelque reſſemblance imparfaicte? ne diſons nous pas,

B ij

paſſe viſte comme vn traict d'arbaleſtre ; il eſt chaud côme le feu, eſt-ce à dire qu'il ait autant de degrez côme le feu: Et noſtre Seigneur ne prie il pas Dieu ſon Pere , que les Chreſtiens ſoient vn auec Dieu, comme il eſt vn auec ſon Pere;ce terme(comme)ſignifie il eſgallité?non:autrement nous ſerions vn en nature auec le Pere Eternel, & conſequemment vrays Dieux : le Miniſtre ne ſçait recognoiſtre cela,& ſur vn terme equiuoque fonde ſa preuue. Pareillement l'on ne ſçauroit iuſtifier que ce ſoit vn Pape qui aye faict ce vers(comme reſpond fort bien le tres-docte Coëffeteau en ſa reſponſe , au Myſtere d'Iniquité de Dupleſſis qui faiſoit la meſme obiection) car on ne produit aucun Hiſtorien qui face mention de ceſte Embaſſade,ny quel eſtoit ceſt Empereur, auquel Vrbain les enuoyoit : & les Papes n'ont & n'ôt eu couſtume d'enuoyer des vers auec leurs preſents , c'eſtoit au Miniſtre à verifier l'Hiſtoire qu'il cottoit. L'aſſiſtance eſtoit laſſe de ceſte impertinence quand le Pere le força de parler de la Cene; le faiſant prendre le perſonnage du Medecin, que s'il ſçait bien ſon meſtier, doit laiſſer le moindre mal pour ſecourir le plus grief. Le voyla donc en beau chemin,mais il n'ira pas loing ſans broncher. Le Pere taſcha qu'entrant au ſujet de l'Euchariſtie , il luy iuſtifiaſt par la pure parole , premierement ce qu'il vouloit qu'il en creuſt , ſçauoir que la Cene eſt figure du corps de noſtre Seigneur: qu'on mange en icelle ce corps par la bouche de la foy : où eſt cela en la Bible ? diſoit-il au Miniſtre: i'ay des yeux, & ſçais lire, & ie ne lis dans la Bible meſme de Geneue,ny figure de corps, ny bouche de foy : où eſt-il? monſtrez l'y moy , & ie le croyray auſſi toſt. Le Miniſtre refuſe d'entrer en ceſte preuue de ſa croyance : le Ieſuite l'en preſſe deux, quatre & ſix fois ; il ne le peut faire ioindre; bien qu'il luy remonſtraſt que par l'article 31. & 5. de ſa confeſſion, il eſtoit obligé à ceſte preuue. En fin ne pouuant obtenir autre choſe,tira de ſon aduerſaire la promeſſe ſuiuante.

PREMIERE SEANCE SVR LE SVBIET
DV SAINCT SACREMENT DE L'AVTEL,
le Ieudy 22. iour de Ianuier 1615. en preſence de
Madame de Bours, de pluſieurs Gentils-hommes,
& autres, Catholiques, & Religionnaires.

LE IESVITE,

Vous me promettez, Monſieur le Miniſtre, de me monſtrer
par la pure parole eſcrite que i'erre en ce qui ſuit. Ie croit
que en l'Euchariſtie eſt le Corps du fils de Dieu.

LE MINISTRE,

Ie le vous promets, & le vous monſtre. Ceſte doctrine eſt purement fauſe, puis qu'elle eſt contraire à la pure parole de Dieu,
car la pure parole de Dieu en S. Iean chap. ſeizieſme dit, ie m'en
vois au Pere & quitte le monde. Item au liure des actes cha-
pitre troiſieſme il faut que le Ciel le contienne iuſques au
reſtabliſſement de toutes choſes. Si donc le Corps du fils de
Dieu n'eſt plus au monde, il n'eſt point conſequemment en l'Euchariſtie, qui eſt au monde : ſemblablement ſi le Corps de Chriſt
eſt contenu au Ciel, il n'eſt point en l'Euchariſtie qui eſt hors du
Ciel.

IESVITE.

Tout cela eſt-il en la pure parole eſcrite ? s'il n'y eſt ; abbregez
ce que vous auez dit, & ne parlez que par la pure parole.

MINISTRE.

Ieſus-Chriſt à dit ie quitte le monde en Sainct Iean cha-
pitre ſeiz. il n'eſt donc plus au monde & conſequemmens ny en
l'Euchariſtie qui eſt au monde.

IESVITE.

Ie demande, ſi tout cela eſt pure parole ou non. Voyez,
Monſieur, comme le Pere Veron met en pratique la façon par laquelle il nous diſoit en la lettre premiere que
ie vous ay eſcrit, qu'il falloit agir auec les Religionnaires, qui eſt ſur toutes & auant toutes choſes, leur faire

confeſſer expreſſement qu'ils n'ont aucune pure parol
eſcrite de la Bible meſme de Geneue, par laquelle il
nous puiſſent arguer d'erreur. Le Pere me diſoit que cela
importoit beaucoup ; il employe quatre heures entiere
pour tirer ceſte confeſſion expreſſe du Miniſtre: ſçachan
fort bien que telle confeſſion mettroit en deſroute tou
leur party, qui penſe eſtre fondé ſur la pure parole d
Dieu.

MINISTRE.

Ie reſponds, que cela eſt deduict par vne conſequence neceſſaire de la pure parole de Dieu.

IESVITE.

Ie demande de nouueau & ſomme le Miniſtre de dire, ſi en
la pure parole ſans conſequence, il y eſt ou non.

MINISTRE.

Ie reſponds que la pure parole & ce qui s'en tire par vne conſequence neceſſaire eſt de meſme foy & eſgallement receuable.

IESVITE.

Ie demande, que ce qui ſuit par conſequence neceſſaire ſoit
de pareille verité auec la pure parole, ou non ; ie demande diſ-ie
ſi en la pure parole ſans conſequence neceſſaire mon erreur y eſt
ou non

MINISTRE.

Ie reſponds que ceſte propoſition, le corps de IESVS-
CHRIST, n'eſt point en l'Euchariſtie, n'eſt point mo
pour mot en l'eſcriture, mais qu'elle y eſt autant efficacement
puis que l'eſcriture dict que Ieſus-Chriſt s'en eſt allé de ce monde
& qu'il faut que le Ciel le contienne iuſques au reſtabliſſemen
de toutes choſes.

IESVITE.

Ie replique: donc par la pure parole ſans y meſler vne conſe
quence neceſſaire, vous ne me monſtrez que c'erre croyent e
l'Euchariſtie eſtre le Corps de noſtre Seigneur comm
m'auez promis. Voyez comme le Ieſuite le preſſe d'a-
moüer que par la pure parole eſcrite, il ne peut agir contre nous: Le Miniſtre n'oſe le confeſſer expreſſement,
l'on l'oſteroit du Miniſtere, comme preiudiciable à la

cause, laquelle iroit en ruin e, si les Ministres confessoient cela expressement , & que ceste confession fust reco-gneuë. Et marquez comme le pauure Ministre ne respond iamais, ny ouy, ny non, bien que tant de fois sommé de le faire.

MINISTRE.

Ie responds ; que la pure parole de Dieu ne consiste pas aux syllabes & aux mots ; mais aux sens & à ce qui se conclud necessairement des mots.

IESVITE.

Ie replique, sçauoir si ce qui s'ensuit, est contenu sans consequence du Ministre, ou non, en ceste pure parole?

MINISTRE.

Ie responds que i'ay desia satisfaict à cela, & que ceste derniere replique est vne resteration de la premiere.

IESVITE.

Ie replique, que ie recognois que la pure parole consiste au sens, & non aux syllabes, mais ie demande si ceste pure parole sans consequence aucune necessaire, contient ce sens Iesus-Christ n'est point en l'Eucharistie, ou non?

MINISTRE.

Ie responds, comme i'ay desia respondu, que la pure parole de Dieu n'est pas seulement ce qui est couché en autant de syllabes en l'escriture, mais aussi en ce qui s'en ensuit par consequence necessaire. La verité est donc que ces mots (le corps de Iesus-Christ n'est point en l'Eucharistie) ne sont point en l'escriture; *mais qu'il vaudroit autant qu'ils y fussent, puisque Iesus a dit,* ie delaisse le monde, & qu'il faut que le Ciel le contienne iusques au dernier iour : *car s'il a laissé le monde, il n'y est plus, ny pareillement dans le Sacrement qui n'est point hors du monde, mais dedans.*

Il a confessé quelque chose: mais non pas tout. Voyez comme nostre Veneur le chasse; & comme bien il practique la façon susdite de vener. Il me reiteroit qu'il importoit extrémement leur faire auoüer expressement cela. La fuitte si longue marque bien qu'il leur importe beaucoup de ne le confesser directement.

IESVITE.

Ie demande de nouueau, si la pure parole seposant toute con-
sequence necessaire, contient au moins ce sens, Iesus-Christ
n'est point en l'Eucharistie ; bien qu'elle ne contienne pas ces
mots & syllabes ; Iesus-Christ n'est pas en l'Eucharistie.

Le Ministre confessa par deux fois en presence de toute l'assistance, qu'il n'y auoit aucun texte en l'escriture,
qui, seposant toute consequence, contint expressement
le sens de ceste proposition, *Iesus Christ n'est pas en l'Eu-*
charistie, mais ne voulut permettre que ceste sienne confession fust mise par escrit.

MINISTRE.

Ie responds que ces mots, Il faut que le Ciel le contienne
iusques au restablissement de toutes choses, *sont formelle-*
ment & expressement en l'escriture, & qu'il s'en ensuit necessairement que Iesus-Christ n'est point ailleurs, *ny con-*
sequemment dans le pain de l'Eucharistie : qui est franchement
confesser, que ceste proposition, le Corps de Iesus-Christ n'est
point en l'Eucharistie, *ne se trouue pas mot pour mot en l'e-*
scriture, mais s'ensuit necessairement des mots de Sainct Pierre
aux actes troisiesme. Car dire que le Corps de Iesus-Christ soit
contenu dedans le Ciel, & neantmoins soit aussi dehors, dedans
le pain de l'Eucharistie, cela implique contradiction.

IESVITE.

Ie demande si les paroles alleguees de sainct Pierre ou autres,
bien qu'elles ne contiennent mot pour mot ceste proposition, Iesus-
Christ n'est pas en l'Eucharistie, comme vous auez confessé, au
moins contiennent ce sens, Iesus-Christ n'est point en l'Eucha-
ristie, seposant toute consequence necessaire.

Prenez garde comme nostre Theologien ne veut disputer de la consequence, qu'il ne face aduoüer expressement au Ministre, qu'il n'a contre nous aucune pure
parole de la Bible mesme de Geneue.

MINISTRE.

Ie responds que des paroles de Sainct Pierre suit ceste propo-
sition? Le Corps de Iesus-Christ n'est point hors du Ciel, qui est
toute contraire à celle-cy ; le Corps de Iesus-Christ est hors du
Ciel, &

Ciel, & contenu ailleurs à sçauoir en l'Eucharistie.

IESVITE.

Ie replique, que le Ministre ne me respond pas à ce que ie demande, car s'il mé respond seulement de la consequence, me disant (il suit) & ie luy ay demandé, si, se posant toute consequence, la pure parole, bien qu'elle ne contienne mot pour mot ceste proposition (Iesus-Christ, n'est pas en l'Eucharistie) comme il a confessé; au moins contient en ressement le sens de la susdite proposition, se posant (comme i'ay dit) toute consequence; ie somme le Ministre de me respondre franchement, ouy: ou, non. Et ayant respondu, ie passeray à deux choses. La premiere sera, que la pure parole ne peut demeurer pure si elle est meslée de consequence, car toute consequence est deduicte; ce qui est deduict n'est plus purement ce dequoy il est deduict. La seconde sera que ie nie que des paroles de sainct Pierre ou autres, suiue par consequence necessaire que le Corps du fils de Dieu n'est pas en l'Eucharistie. Au reste quand la consequence est bonne ou non, Aristote en doit iuger & l'escole de Philosophie, & partant c'est prendre pour iuge en vos controuerses de foy, non plus la pure escriture, comme la pretendüe a promis de faire; mais Aristote: au moins c'est prendre pour iuge la parole de Dieu auec Aristote: ainsi le Ministre qui m'auoit promis au commencement de me monstrer par la pure parole escrite, mon erreur touchant l'Eucharistie, me le veut monstrer par la parole ioincte auec Aristote.

MINISTRE.

Ie responds que ie me tiens à ma premiere response, qu'il suffit que des passages de l'escriture comme de celuy de S. Pierre, s'enfuit que le Corps de Iesus-Christ n'est point hors du Ciel, pour conclure necessairement qu'il n'est pas dans le pain de l'Eucharistie, lequel est hors.

Comme le Ministre vouloit commencer à respondre à ce que le Iesuite auoit mis en auant de la consequence & nullité d'icelle, toute l'assistance, voyant que l'on entroit en vn poinct nouueau (que le Pere auoit mis en auant pour engager le Ministre à continuer la dispute) qui ne se pouuoit desmesler en peu de temps, interrompit le Ministre, en consideration de ce que la dispute auoit ia

...... quatre neures, & qui'l estoit bien temps de soupper,
car il estoit huict heures & demye du soir. Et comment,
dit le Ministre, signeray-je ce qui demeure ainsi impar-
faict? le Iesuite pour le contenter luy accorda que l'on ne
signeroit ny d'vn costé n'y d'autre. Bien est vray que le
Iesuite auoit esté Secretaire de toute la Conference, le
Ministre voyant & lisant tout ce qui s'escriuoit ; sa main
& son escriture ne seruoient-elles pas de signature ? la
Conference estoit plus que signée du costé du Iesuite,
car elle estoit escrite de sa main. De plus l'on promit de
part & d'autre de se retrouuer le lendemain à huict heures du matin au mesme lieu, pour continuer la Conference encommencée & soubz-signer ce qui estoit fait & ce
qui se feroit. Ainsi finit la seance ; le Iesuite retourne à sa
maison Religieuse accompagné de plusieurs Catholiques fort ioyeux & satis-faicts d'auoir veu, comme le Ministre estant pressé l'espace de trois heures de dire si par
la pure parole escrite il pouuoit, ou ne pouuoit nous re-
prendre, n'auoir iamais osé respondre, ny ouy, ny non:
manifeste aucu, bien que tacite, que le party n'a aucune
pure parole de la Bible, mesme de Geneue, de laquelle
toutefois il se vante tant : cela n'est-ce pas renoncer à la
pure parole de la Bible, mesme de Geneue, aux fins & en
l'exercice de Reformateur? ouy : & partant les Ministres
& leur confession de foy abusent, qui professent de monstrer par la pure parole escrite que nous errons, & ne le
peuuent.

LES RELIGIONNAIRES TASCHENT PAR
plusieurs moyens d'empescher la seconde seance.

LE lendemain auant l'heure assignée, vers les six à sept
heures du matin, vindrent les Antiens & Surueillants
de l'Eglise pretenduë en la chambre de Madame de
Bours, pour conferer de ce qui se deuoit faire ; l'on va,
l'on vient, l'on retourne par plusieurs fois, l'on est bien
empesché de ce que l'on doit faire, nonobstant la pro-

meſſe donnée. Le Miniſtre qui s'eſtoit ſenty ſerré de
pres au iour precedent & craignoit de pis, dit à Madame
qu'il n'entreroit pas de nouueau en diſpute, qu'auparauant il n'euſt permiſſion de Monſeigneur de Longueuille, & le conſentement des Magiſtrats. Les Religionnaires conſultent entre eux. Sur ces allées & venuës le
temps ſe paſſe ; les huict heures, temps aſſigné à la diſpute, viennent ; peu apres qu'icelles furent frappées le
Ieſuite paroiſt au lieu de la lice en la chambre de Madame de Bours, n'ayant autre liure que le nouueau Teſtament ſelon la verſion de Geneue, & ayant ſalüé Madame, la prie de faire appeller le Miniſtre. Quelques Religionnaires au nom de leur party reſpondent, que leur
Egliſe ne vouloit renouer la diſpute que au prealable
l'on n'euſt congé de ce faire du Magiſtrat, car diſoient-
ils, ces diſputes ſont deffenduës ; le Ieſuite replique que
les Conferences priuées n'eſtoient inhibées, & qu'il n'y
auroit que ſi peu de gens qu'ils voudroient; proteſte que
ce n'eſt qu'vne fuitte du Miniſtre & du party Et taſche
par tous moyens d'attirer la partie aduerſe au comba.
Apres quelque deux heures paſſées en ceſte altercation,
ſuruint inopinément vn Conſeiller du Preſidial, qui
ayant ouy le vent de ceſte diſpute y deſiroit aſſiſter ; il
approuue à la requeſte du Catholique la diſpute ; le party contraire (le Miniſtre ne paruſt aucunement toute
ceſte matinée) cherchant nouueau pretexte de fuitte ne
ſe contenta de cela, mais dit qu'il vouloit que le congé
fuſt ſigné, le Conſeiller ne le veut faire, mais aduertit
le Docteur Catholique qu'il penſoit qu'il le pourroit
obtenir du Souuerain Magiſtrat ; le Ieſuite paſſe le reſte
de la matinée à chercher ſon congé par eſcrit, &
l'obtint.

SECONDE SEANCE LE VENDREDY

vingtroifiefme de Ianuier 1615. en prefence de Monfeigneur le Duc de Longueuille, Monfieur le Marquis de Boniuet, de Madame de Bours, de plufieurs
Gentils-hommes & autres, iufques au nombre de
deux cens.

CEpendant quelque Gentil-homme Catholique parlant à Monfeigneur de Longueuille, l'aduertit de ce
qui s'eftoit paffé concernant cefte Conference, & du
fubterfuge du Miniftre, qui couuroit fa crainte & fa
fuitte du voile d'obeyffance, difant qu'il ne retourneroit
à conferer de nouueau s'il n'auoit fa permiffion & celle
des Magiftrats; à quoy monfeigneur refpondit, qu'il ne
deuoit manquer pour cela, & qu'il leur donnoit la permiffion; & de plus qu'il s'y trouueroit, & de faict il enuoya dire au lieu ou fe faifoit l'affemblée, qu'il vouloit
affifter à ladicte Conference: ce qu'il fit.

*Ainfi vers les quatre heures du foir fe renouë la dif-
pute en prefence de mondit Seigneur & de fes Gentils-
hommes, de Monfieur le Marquis de Boniuet, & de Madame de Bours, & vn grand nombre de perfonnes de
l'vne & l'autre Religion, deux Secretaires l'vn Catholique & l'autre Religionnaire, efcriuirent ce qui fe dit pour
lors d'vne part & d'autre en prefence de toute l'affiftan-
ce. Le Iefuite au commencement de la feance faict vne le-
cture à Monfeigneur de tout ce qui s'eftoir paffé à la premiere rencontre: de nouueau s'offre à eftre inftruict par la
pure parole felon ce qui eft dict cy-deffus, & donné par
efcrit au Miniftre ceft offre, comme cartel de deffy: en apres
fut leu tout haut les actes de la premiere feance, qui furent*

auerez legitimes. Ceste premiere seance estoit terminée par vne responce du Ministre non acheuce, comme il appert de ce qui est cy-dessus escrit: Acheuez Monsieur le Ministre, dict le Iesuite, vostre responce. Le Ministre remit en auant le poinct de l'Agnus Dei : c'estoit pour faire escouler le temps, de nouueau il commence sa reforme par là, mais pressé par le Iesuite de poursuiure la ou il auoit finy il continua sa responce encommencée le iour precedens en ces termes.

MINISTRE.

Ie responds d'abondant que tirer vne consequence d'vn texte formel de l'escriture, n'est point mesler la pure parole de Dieu, mais l'appliquer & s'en seruir comme il faut. & non seulement à l'exemple des Apostres, mais de nostre Seigneur Iesus-Christ mesme. Item que disputer de ceste façon n'est point faire les consequences, ny ceux qui en vsent iuges des differents, mais en monstrer clairement la decision du souuerain Iuge, à sçauoir de Dieu parlant en ses escritures. bref, puisque non seulement ce que Dieu à reuelé par ses Prophetes & Apostres est de la foy, mais aussi ce qui s'en deduit euidemment, ainsi que confesse le Cardinal Bellarmin liu. 4. de verbo Dei chap. 9. Ie maintiens auoir suffisamment prouué par le 16. de sainct Iean, & par le troisiesme des actes, que c'est vne fausseté notable, d'enseigner que le Corps de Iesus-Christ soit dans le pain de l'Eucharistie, & suis tout prest de monstrer d'autres faussetez & heresies de l'Eglise Romaine par la mesme procedure aduancée par le Cardinal Bellarmin, à sçauoir tant par l'escriture, que par ce qui s'en deduict euidemment.

Ayant dit cela, il ne permettoit que le Iesuite repliquast, mais vouloit à toute force passer à d'autres poincts, monstrer (comme il disoit) les autres erreurs de la Papauté, & faire vn presche ou Catechisme entier. Le Iesuite s'y oppose, remonstrant qu'il luy auoit promis de luy monstrer

par la pure parole son erreur touchant le Sainct Sacrement, ce qu'il n'auoit faict iusques alors, & qu'il le deuoit
faire auant que passer plus outre, l'aduersaire ne vouloit
ouir son antagoniste en sa replique: mais en fin contrainct
par ses raisons l'ouyt, qui dit ce qui s'ensuit.

IESVITE.

Puis que le Ministre apres l'auoir sommé tant de fois, si la
pure parole de l'escriture, seposant toute consequence contenoit
expressément le sens de ceste proposition Iesus-Christ n'est pas
en l'Eucharistie, puisque, disie, apres tant de sommations res-
serées, il ne me respond à cela, mais seulement, que ceste proposition suit: ie prens son silence pour vne confession tacite, par laquelle il aduoüe que la pure parole de l'escriture, seposant toute
consequence necessaire, non seulement ne dit mot à moi ceste
proposition, Iesus-Christ n'est en l'Eucharistie, mais mesme
me contient expressément le sens d'icelle.

L'adiouste qu'il m'a confessé cela deux fois veritablement,
sçauoir qu'il n'y auoit aucun texte en la Bible qui contint formellement le sens de ladicte proposition; mais il ne l'a iamais
voulu mettre en sa responce escrite. Monsieur le Ministre, confes-
sez, deuant Monseigneur si vous l'auez aduoüé veritablemens
ou non.

Il ne l'ose en presence de Monseigneur aduoüer; s'il
l'eust faict, il n'eust peu empescher le Secretaire de l'e-
scrire; & plusieurs l'auroient ouy: aussi n'ose-il en sa responce escrite le nier, il sçauoit qu'il l'auoit aduoüé,
mais il cherche des destours.

MINISTRE.

Ie responds qu'il ne faut rien croire comme article de foy &
necessaire au salut, qui ne soit en l'escriture. Or est-il, qu'il ne se
trouuera point en l'escriture que le Corps de Iesus-Christ soit dans
l'Eucharistie: & partant ny quant aux mots ny quant aux sens
ne se trouuera en l'escriture ceste proposition, le Corps de Iesus-
Christ est dans le pain de l'Eucharistie.

IESVITE.

Le Ministre ne respond à ce qu'il desire, car ie demande

ſi la pure parole ſepoſant toute conſequence contient expreſſément
ce qui eſt ſignifié par ceſte propoſition negatiue, Ieſus-Chriſt
n'eſt pas en l'Euchariſtie, & il me reſpond ceſte autre, il ne
ſe trouue dans l'eſcriture texte qui diſe, Ieſus-Chriſt eſt en
l'Euchariſtie, qui eſt prendre vn gros change de propoſition;
I'adiouſte que le Miniſtre ne me peut reſpondre à ceſte cathego-
rique demande tant de fois par moy iterée & reiterée : la pure
parole eſcrite, ſepoſant toute conſequence, dit-elle formellement,
ou ne dit-elle pas, Ieſus-Chriſt n'eſt pas en l'Euchariſtie,
Miniſtre, reſpondez ouy : ou, non. Marquez comme le Pere
veut auant de venir à la conſequence, faire expreſſément
par eſcrit confeſſer au Miniſtre, qu'il n'a aucune pure
parole qui prononce quelque choſe contre nous. L'aduerſaire ruſe.

MINISTRE.

Ie reſponds, qu'il eſt queſtion de trouuer en la pure parole de
Dieu ceſte propoſition. Le Corps de Ieſus-Chriſt eſt dans
le pain de l'Euchariſtie, ſoit quant aux mots, ſoit quant au
ſens, & partant puiſque le Ieſuite ne l'y trouue pas, qu'il eſt obligé de ſe deſdire de ſa creance, puis qu'il ne la trouue nullement
en l'eſcriture, par laquelle il veut eſtre reformé.

IESVITE.

Ie replique, que i'atteſte l'aſſiſtance & le Lecteur des preſen-
ces, comme i'ay faict ia plus de vingt repliques ſommant le Miniſtre de ceſte propoſition & non d'autre : propoſition qu'il m'a
promis de me verifier. L'eſcriture dit que Ieſus-Chriſt n'eſt
pas en l'Euchariſtie, propoſition qu'il a taſché de prouuer par
conſequences ; & par pluſieurs ſyllogiſmes ſuſmentionnez. Ie
dis donc que la pure parole ne dit ceſte propoſition ſepoſant toute
conſequence neceſſaire ny de mot à mot ny ſelon le ſens expreſſément, le Corps de Ieſus-Chriſt n'eſt point en l'Euchariſtie. Partant la reſponce du Miniſtre n'eſt à propos, car il donne
le change. I'adiouſte que ce ſeroit à luy à monſtrer que l'eſcriture
dit qu'il ne faut rien croire qui ne ſoit en icelle. Ie pourrois auſſi
aiſément apporter beaucoup de preuues pour monſtrer & par
l'eſcriture ſaincte & par autres moyens que le corps de noſtre
Seigneur eſt en l'Euchariſtie : mais ce n'eſt à moy à le faire qu;

veux estre instruict.

Voyla comme le Pere Iesuite a practiqué le precepte, qu'il disoit deuoir estre gardé, disputant auec vn Religionnaire; sçauoir auant de l'admettre à prouuer quelque chose contre nous par consequence, luy faire confesser le plus expressément que l'on pourra, qu'il n'a aucun texte expres & formel contre nous, & qu'il ne peut agir que par consequence. Nostre Theologien a pressé le Ministre sur ce poinct l'espace de trois heures en la premiere seance; & de nouueau en ceste-cy, & le luy à faict aduoüer; & ce en trois façons: premierement pource que le Ministre sommé plus de quinze à vingt fois s'il auoit quelque pure parole escrite qui seposant toute consequence prononçast quelque chose contre nous, ou s'il n'en n'auoit: il n'a iamais respondu ny ouy, ny non: mais tousiours a dit *qu'il sçait*: tacite mais manifeste adeu, qu'il n'a aucun texte, car s'il en auoit il l'eust bien tost mis en auant, 2. il l'a expressément aduoüé de bouche par deux fois. 3. voulant donner le change, comme il a tasché de faire, ne recognoist-il pas n'auoir ce texte expres duquel l'on l'a sommé tant de fois. Voyla l'adueu du Ministre. Aduoüer cela, & recognoistre que l'on n'a aucun texte formel, n'est-ce pas abandonner & renoncer aux fins & en l'exercice de Reformateur à la pure parole escrite? ouy; car la consequence que le cerueau du Ministre veut deduire de la parole escrite, n'est escrite, & partant n'est parole escrite; ce qui est escrit se lit, & ceste consequence ne se lit: & comment la parole escrite meslée & joincte auec la consequence tirée par le iugement du Ministre, pourroit demeurer pure? Voyla la premiere victoire du Pere. Il me disoit qu'il l'estimoit de grande consequence, & qu'il auoit tant pressé le Ministre de cela, pour ce que (disoit-il) tous les Religionnaires, (exceptez quelques Ministres versez aux sainctes lettres qui ne peuuent ignorer le contraire) pensants auoir de leur costé la pure parole escrite, & qu'icelle nous soit contraire; & pour cela seulement suiuent leur party: quand donc ils verront

leurs

leurs Ministres contraints d'aduoüer qu'ils n'ont aucune
pure parole sur le sujet debatu du sainct Sacrement, ou
autre, contre nous, & seulement dire qu'ils deduiront de
leur cerueau & raison quelques consequences contre
nous (consequences qui ne sont escrites, & partant ne
sont paroles escrites, que l'escriture ne tire pas, mais le
cerueau des Ministres; desquelles la plus part des Religionnaires n'entendent les loix : mais Aristote en iuge)
ils se recognoistront abusez, sçachans en leurs conscien-
ces, qu'en leurs presches l'on leur à tousiours donné à
entendre qu'ils auoient la pure parole escrite de leur
costé; & voyant leur foy n'estre fondée que sur le cerueau d'vn Ministre qui tire vne consequence, ne vou-
dront asseurer leur foy & salut sur vn fondement si peu
ferme & solide, tel qu'est le cerueau creux d'vn Ministre;
ny pour suiure la phantasie d'vn Ministre syllogisant so-
phistiquement, renoncer aux Saincts Peres, à l'antiquité, aux Conciles, aux miracles, &c. Le Pere a mis en practique le premier precepte qu'il nous disoit se deuoir
obseruer agissant auec les Religionnaires; il passe à mettre en practique le second : qui est de monstrer que la
consequence du Ministre n'est deduite de la pure parole:
mais il s'y arreste peu, & passe au troisiesme, sçauoir à de-
battre la verité de la consequence; en la preuue de laquelle le Ministre demeure du tout muet comme vous
verrez. Le Iesuite continuë sa responce en ces termes.

Passant donc à autre chose, s'entre en la consequence, & ie
dis deux choses : la premiere que le Ministre n'a prouué ceste
consequence; aux actes des Apostres chap. 3. parlant de
Iesus-Christ, il est dit qu'il faut que le Ciel le contienne
iusques à la restauration, & en Sainct Iean chap. 6. ie m'en
vay a mon Pere & quitte le monde : dequoy il inferoit, donc
Iesus-Christ n'est pas dans l'Eucharistie, qui est hors du
Ciel. Ie nie ceste dicte consequence & ne me la preuue. 2. ie dis
que la verité de ceste consequence ne peut subsister qu'on ne co-
gnoisse la forme du syllogisme par laquelle l'on infere ceste conclu-
sion: Or que la forme du syllogisme soit bonne ou non, l'escriture

n'en parle point, donc l'escriture n'est pas reigle de toute verité
necessaire à salut : car on ne peut cognoistre la verité de ce qui est
deduict, que l'on ne cognoisse ceste autre chose, sçavoir, la forme
du syllogisme par laquelle ceste verité est deduite, estre bonne. Et
ce que le Ministre a cotté de Bellarmin n'est nullement à propos,
car ce Docteur ne dit pas, que l'escriture est reigle de toute verité
ce que la pretenduë dict, partant il n'est pas obligé à la prendre
pour reigle de toute verité necessaire pour la croyance des articles
de nostre foy, comme est necessaire la cognoissance de la bonne forme du syllogisme, mais les Ministres sont obligez, par leur article
cinquiesme de la prendre pour reigle de toute verité necessaire à
cognoistre pour pouvoir croire ce qui est article de foy.

MINISTRE.

Ie responds que ceste consequence est tres-claire & tres-ne-
cessaire que Iesus-Christ, quant à son corps, n'est plus au monde,
puisque luy mesme nous asseure qu'il a delaissé le monde en sainct
Iean chap. 16. ainsi qu'il a esté desia allegué : & que ses Saincts
Anges au premier chap. des Actes, tesmoignent qu'en effect il l'a
delaissé ayant esté esleué aux Cieux & qu'il n'en reviendra que
comme on luy a veu monter. Item, qu'il n'est en nulle autre part
qu'au Ciel, puis que sainct Pierre nous asseure au passage du
troisiesme des Actes, qu'il faut que le Ciel le contienne iusques à
la restauration de toutes choses, veu que estre contenu dans le
Ciel, & neantmoins estre hors, sont choses contraires qui ne
peuvent estre vrayes toutes ensemble : s'ensuit donc puis que l'vn
est vray, à sçavoir ce que dit sainct Pierre, l'autre de toute ne-
cessité est faux. Et quant à la repartie que faict le Iesuite que ie
n'allegue à propos Bellarmin, lequel dict que non seulement l'e-
scriture, mais aussi ce qui s'en deduict evidemment est de la foy,
n'est touchant le present propos, car ie ne l'ay pas advancé pour
prouver que ma consequence est necessaire, mais que prouver par
consequence necessaire, n'est se despartir de la pure parole de
Dieu, & finalement quant à ce que le Iesuite parle de la cognoissance de la forme des syllogismes, n'est que pour embrouiller
la dispute, veu qu'il n'y a celuy qui par la lumiere naturelle ne
sçache & comprenne sans estudier dans Aristote, qu'vn homme
n'est plus dans vn lieu qu'il a laissé, s'il n'y est retourné depuis,

ce que l'escriture dit que Iesus-Christ ne sera point sinon que comme on l'a veu monter au Ciel, tellement qu'il faudroit que le Prestre nous monstrast à l'œil, que Iesus-Christ descend à la Messe dans le pain de l'Eucharistie; il n'y a celuy non plus qui ne cognoisse sans auoir estudié és reigles de Logique, qu'vne chose ne peut pas estre hors de ce qui la contient, autrement il ne seroit point contenu.

Le Iesuite tascha d'obtenir du Ministre qu'il reduisit son argument en forme, & ne peut:ce que si l'aduersaire eust faict, nostre Theologien eust aisément monstré que la consequence du Ministre n'estoit deduite de la pure parole, car la maieure de cest argument eust esté ceste proposition Philosophique, *le Corps qui est au Ciel n'est pas en terre*, dequoy la pure parole escrite ne parle pas.

IESVITE.

Il y a plusieurs choses en ceste responce contre les premieres reigles des Logiciens; mais pour abreger ne prenant precisément que ce qui est de principal, ie dis premierement qu'on ne peut prouuer aucune consequence que par vn syllogisme, partant s'a- gissant de ceste preuue, le Ministre deuoit apporter vn syllogisme. Secondement ie dis au passage allegué des actes qu'il est tres-faux que ce soient choses contraires tellement qu'elles ne se puissent faire par la diuine puissance, qu'vn corps soit contenu d'vne fa- çon visible au Ciel, & le mesme corps voilé & d'vne façon inui- sible, soit en terre: ains d'vne façon pareillement visible: Car de faict nonobstant le passage allegué des Actes troisiesme, l'Apostre sainct Paul à la I aux Corinthiens, chap. 15 nous dit ces termes parlant de Iesus-Christ, il a esté aussi veu de moy; ayant dit auparauant qu'il a esté veu de Cephas & puis des douze, & puis de Iacques, & de tous les Apostres: & partant, comme il a esté veu visiblement par Cephas & les autres, il a esté veu visiblement par S. Paul, & toutesfois pour lors il estoit au Ciel comme il appert du Pseaume 109, de la premiere aux Corinthiens 15. aux Colloss. 3. & le Ministre le presuppose au lieu allegué des Actes troisiesme, donc au mesme temps que se verifioit ce dire des Actes troisiesme, que le Fils de Dieu estoit contenu au Ciel, iusques au iour du Iugement le mesme Fils de Dieu estoit

pour lors aussi en terre ; de quoy il appert non seulement que ce ne
sont pas choses contraires d'estre contenu au Ciel selon le dire de
sainct Pierre aux Actes, & estre en terre, mais que sont choses
qui ont esté de faict veritables ensemble. De quoy il se voit manifestement, combien faux est ce que le Ministre a dict, qu'il n'y
auoit homme qui ne vit ceste consequence ; le Fils de Dieu est
contenu au Ciel, doncques il n'est pas en terre, il appert
difficile combien il est faux que personne ne voit cela, puis que de
faict l'euenement a monstré le contraire estre vray, sçauoir
qu'au mesme temps, Iesus Christ est au Ciel & en terre. Le
mesme Apostre aux Actes vingt-troisiesme tesmoigne que Iesus-
Christ se presenta à luy en la prison. l'apperte les preuues de
ma negation, bien que ie n'aye besoin de preuues : & partant ie
me persiste qu'en ma premiere responce, qui est de nier la consequence qu'a tiré le Ministre des Actes troisiesme, & ne me l'a
prouuee, sinon disant que tout le monde la voyoit, ce que ie
nie, & l'escriture y est contraire. Quant au passage allegué de
sainct Iean 16. Ie m'en vay &c. ie responds que cela s'entend
qu'il s'en alloit selon la presence visible, mortelle, & ordinaire,
& non pas selon l'autre, car nonobstant qu'il eust dit cela, &
qu'il eust dit, ie m'en vay à mon Pere & vous ne me verrez
plus, en sainct Iean 16. toutefois il apparoist apres sa Resurrection,
donc les passages cy dessus alleguez se doiuent entendre de la
presence mortelle & ordinaire, autrement le Ministre pourroit
inferer pareillement des mesmes passages, que Iesus-Christ n'est
pas apparu apres sa resurrection ; & marquez que ce n'est pas à
moy à prouuer ma distinction, qui ne subis que la partie de celuy
qui veut estre instruict : c'est au Ministre à me prouuer que le
Fils de Dieu n'est pas d'vne façon inuisible aux yeux du corps,
en terre, car cela seul est l'article de ma croyance duquel il s'agist.

Le Pere Veron disoit qu'il n'apportoit ceste preuue de
la negation de sa consequence, que pour satisfaction plus
ample des Catholiques, qui en demeurerent fort con-
tents ; & adioustoit que ceste satisfaction l'empeschoit de
pouuoir si tost enferrer le Ministre qu'il eust faict, se con-
tentant de la simple negation de la consequence ; en
cela obseruant exactement la façon tracee en la lettre

que ie vous ay escrit, d'agir auec les Religionaires.

MINISTRE.

Ie responds premierement qu'il na faut pas opposer la puissance de Dieu à sa voionté. Secondement qu'il ne luy faut point nonobstant sa toute puissance attribuer chose qui implique contradiction, car s'il la faisoit, il ne seroit pas tout puissant, mais impuissant: or qu'vn corps occupe en vn mesme temps deux espaces, l'vn visiblement l'autre inuisiblement, cela implique contradiction. Et quant aux passages que le Iesuite allegue pour prouuer que Iesus Christ s'est trouué en vn mesme temps au Ciel & en la terre, il ne conclud pas: la verité est que sainct Paul confesse en la 1. aux Corinthiens chap. 15. que Iesus-Christ à aussi esté veu de luy, mais il ne dit pas si ç'a esté deuant ou apres son Ascension. En apres encor que cela fust aduenu apres l'Ascension, il ne dit pas que Iesus-Christ estoit en terre lors qu'il le voyoit: Car il le peu voir estant assis à la dextre de Dieu son Pere, comme a faict sainct Estienne; finablement il ne dit pas de quelle façon il l'a veu de l'œil du corps ou de l'esprit; d'abondant on sçait qu'il escrit en la seconde aux Corinthiens chap. 12. qu'il a esté rauy au Ciel, & qu'il ne sçait si ç'a esté en corps ou hors du corps. Il est vray aussi que sainct Paul dit au 23. des Actes que Iesus-Christ luy a assisté en prison, mais il ne dit pas si ç'a esté estant venu à luy en corps ou par sa vertu, ce qu'il a peu faire sans ceste descente corporelle: tellement qu'en tous ces tesmoignages, il n'y a rien qui inualide le tesmoignage de Iesus-Christ, des Anges, de sainct Pierre alleguez cy dessus. En dernier lieu pour ce qui est du lieu où Iesus-Christ dit, Ie m'en vay à mon Pere & vous ne me verrez plus. Il parle de son departement dernier au Ciel, apres lequel il ne l'ont point veu, vsant de temps present, ie m'en vay, pour ie m'en iray; comme pareillement en sainct Iean 10. il dit ie mets mon ame, pour dire, ie la mettray; & sainct Paul à Timothée, Ie suis sacrifié, au lieu de dire, ie seray sacrifié, Reste à remarquer que toutes les visions pretenduës alleguées par le Iesuite ne sont point monstrées estre aduenuës à la Messe, & cependant c'est là où l'on croit que Iesus-Christ se trouue seulement & au Ciel.

Le Iesuite auant de donner la responce suiuante, se tournant vers Monseigneur le Duc luy dit, ie voy que pour auoir voulu pour le contentement des Catholiques entrer en quelque preuue de mes negations (à quoy ie n'eſtois obligé) ie n'enferre aſſez toſt le Miniſtre ; ie vay l'enferrer en quatre ou cinq propoſitions; & puis ſe tournant vers le Miniſtre luy crie tout haut *à vous Miniſtre ; à ce coup ; ie vay vous enferrer ; ce qu'il fiſt ; parez à ce coup : faiſant comme s'il euſt tenu vne harquebuſe en ioüe.*

IESVITE.

Ie pourrois verifier les paſſages ſus-alleguez ſelon le ſens auquel ie les ay citez, & aiſément refuter les interpretations données par le Miniſtre, mais pour eſtraindre vn peu plus, principalement que ce n'eſt à moy, qui ſubis la perſonne de l'inſtruict, de prouuer que i'ay bien mis la conſequence que ledit Miniſtre a tiré des Actes troiſieſme, ie nie de nouueau ladicte conſequence, laquelle le Miniſtre n'a point iuſques à maintenant prouué ; qui eſt ; aux Actes troiſieſme il eſt dit, Il faut que le Ciel le contienne iuſques au iour du Iugement ; donc (il inferoit) il n'eſt pas en terre : ie nie auſſi qu'il implique contradiction qu'vn corps ſoit en pluſieurs lieux.

MINISTRE.

Ceſte conſequence eſt neceſſaire, que le corps de Ieſus-Chriſt n'eſt ailleurs qu'au Ciel, puis qu'il y eſt conſtenu ; car eſtre conſtenu & n'eſtre pas conſtenu, ſont choſes contradictoires. Au reſte puis que le corps de Ieſus-Chriſt eſt vn vray & naturel corps, il ne peut eſtre hors du Ciel qu'il ne ſoit auſſi conſtenu là où il ſera : au reſte le propre d'vn corps eſt d'auoir vn ſeul lieu, ſi donc on le met en deux lieux, on le ruine de ſes proprietez, qui eſt d'eſtre circonſcrit, car eſtre circonſcrit & n'eſtre point circonſcrit, ce n'eſt point eſtre corps.

IESVITE.

Ie reſponds, que c'eſt vne proprieté naturelle à vn corps d'occuper vn ſeul lieu, & en ce ſens d'eſtre circonſcrit, c'eſt à dire, eſtre tellement en vn lieu qu'il ne ſoit en l'autre, mais ie nie, que ſurnaturellement le meſme corps ne puiſſe eſtre en vn lieu & en l'autre, & le Miniſtre n'a prouué cela.

MINISTRE.

Ie repliques, que mettre vn corps ſurnaturellement en pluſ sieurs lieux est ruiner la nature du corps, veu que la nature du corps est d'estre en vn seul lieu.

IESVITE.

Ie nie, l'estre en plusieurs lieux destruire la nature du corps, & nie la preuue, sçauoir est que la nature du corps est d'estre en vn seul lieu, ie ne recognois cela estre la definition du corps.

MINISTRE.

Vn corps est vne substance indiuidue qui a ses trois dimensions, lesquelles on luy oste quand il occupe plus d'vne espace.

IESVITE.

Ie nie qu'on luy oste ses trois dimensions quand il occupe plus d'vne espace.

MINISTRE.

Ce sont ses dimensions qui le rendent tel qu'il occupe quelque espace, aduenant donc qu'il occupe plusieurs espaces, il n'est plus corps.

IESVITE,

Ie nie la consequence.

LE MINISTRE DEMEVRE
muet.

E Ministre ne pouuant prouuer ceste consequence, au lieu de toutes preuues, ne dit au Iesuite autre chose que ces mots, ha vous niez beaucoup sans mettre en auant vne seule parole de plus en preuue de ladite consequence niée. Le Iesuite le somme de la prouuer, & adiouste qu'elle estoit bien esloignée de pouuoir estre bonne, car son argument contenoit quatre termes, qu'il ny auoit rien au consequent qui fust en l'antecedent: mais c'est à vous à la prouuer, Minis-

estre prouvez là, il l'en presse, quatre, six & huict fois
il esleue sa voix, il demande si toutes ses promesses de ceste
pure parole estoient reduites à vn dire que le Iesuite
nioit beaucoup. Pour toute replique le pauure pretendu Berger ne dit autre chose, sinon, à demain : le Iesuite
repartit qu'il s'agissoit que d'vne consequence, qu'il n'e-
stoit besoin pour cela de beaucoup de temps, que tout ce
qu'il auoit apporté, n'aboutissoit qu'à ceste consequence, &
partant estoit nul s'il ne la prouuoit; que Monseigneur n'a-
uoit haste de s'en aller ny autre de la compagnie : qu'il n'y
auoit que luy qui ne sçachant plus que dire taschoit eschaper. Le Ministre voyant qu'on luy fermoit tous les passages de pouuoir sauf son honneur euader, cherchant quelque voile pour couurir sa honte, s'excusant dit qu'il a-
uoit esté surpris, à quoy le Pere repartit, que ceste ex-
cuse ne suffisoit; car il auoit eu toute la nuict & la matinée, pour monstrer par quelque consequēce deduite de les-
criture saincte, nostre erreur pretendu, & qu'il s'agissoit
d'vne matiere fort vulgaire iournellement debatue.
Que fera le Pasteur prendu, il n'auoit moyen
de s'en fuir, la chambre qui auoit seruy de lieu
de combat estoit trop pleine d'vne multitude
de personnes bien pressées pour pouuoir gai-
gner au pied. Ie ne sçay pas quels mouuements
il resentoit interieuremēt en son ame, bien sçay-
je & vous diray-je ce que iay veu. le pretendu Ministre de la pure parole, perdit tout à fait la parole, &
n'ayant plus rien à repliquer, plein de honte & de confusion demeura publiquement, en presence de Monseigneur
de Longueuille, de Monsieur le Marquis de Boniuet, de
Madame

Madame de Bours, & de quelques deux cents personnes tant Catholiques que Religionnaires, demeura dis-je la teste baissée, la bouche fermée sans iamais la desserrer pour dire vn seul petit mot l'espace d'vne demie heure entiere, fort honteux de se voir reduit en presence de telle assistance à tels termes. Quelqu'vn de l'assistance dist qu'il eust eu bon besoin d'vn Chirurgien pour luy ouurir la veine : ie le pense ainsi, vne grosse demie heure d'vne telle honte luy pouuoit bien alterer le sang. Le Victorieux voyant celuy qui luy auoit presté le collet, par terre, vaincu, &, ce qui est raré és Heretiques, conuaincu, se seruant à propos de sa Victoire, & Victoire si euidente & manifeste, faict vne recapitulation de tout ce qui s'estoit passé en la premiere & seconde Conference. La promesse (dit il) du Ministre conformement à l'art. 21. & 5. de sa confession de foy pretenduë reformée, a esté de me monstrer & par la pure parole escrite que i'erre en ceste proposition, ie croy le corps de nostre Seigneur estre en l'Eucharistie, voulant y satisfaire, il a esté premierement en la premiere seance contrainct d'auoüer qu'il ne me pouuoit monstrer cela par la pure parole seposant toute consequence, il a esté forcé de recognoistre qu'il n'y auoit texte aucun en l'escriture, qui, ny de mot à mot, ny selon le sens exprés & formel qu'il contient, seposant toute consequence, prononçast que i'erre, ou dist chose aucune contraire à ce que ie croy, ou dist ceste proposition, Le Corps de Iesus-Christ n'est dans l'Eucharistie. Secondement ledit Ministre disant qu'il me prouueroit par consequence euidente & necessaire tirée de la pure parole que i'errois, il ne l'a peu

faire comme vous voyez, Car toutes ses preuues sont a-
bouties à la consequence derniere que ie nie & ne la peut
prouuer, sinon disant, ha vous niez beaucoup, Ainsi
au lieu de me monstrer que i'erre, & par la pure parole, il
ne me le môstre sinon disant, Ha vous niez beaucoup.
Voyla le sommaire de ce que dit le vainqueur, qui fist
escrire briefuement au Secretaire de la Conference, toute
ceste sienne recapitulation, protestation, & le silence de son
aduersaire: Que repliqua le Ministre pretendu de la pure
parole contre ceste publication de victoire? il auoit tout à
fait perdu la parole: il ne repartit vn seul mot, mais continua à demeurer, en presence de Monseigneur & de tant
de Gentils-hommes & autres, la teste baissée bien confus
deuant son aduersaire. Bien honteux estoient aussi les Religionnaires, de voir leur party ainsi confus deuant si noble
& si nombreuse assistance. Le Iesuite n'ayant plus d'aduersaire qui luy resistast, quitant la personne de comba-
tant, & prenant celle de vainqueur, se tourna premierement vers Madame de Bours, & l'attesta deuant Dieu,
de se recognoistre & abandonner son party, lequel il auoit
euidemment fait paroistre abuseur, & le Ministre aussi,
qui promettant par la pure parole monstrer que l'Eglise
Romaine erre au point de l'Eucharistie, n'à ny pure parole
ny consequence tirée de ceste pure parole pour monstrer cela:
puis 2. addressant sa parole au desastré Pasteur, le somma
d'abandonner la chaire d'iniquité, & de pestilence: & se
sousmettre à l'Eglise qu'il auoit oppugné. 3. il conuya les
Religionnaires à ouurir les yeux à la lumiere de la verité, qu'ils auoient eu ceillez par les tenebres de l'heresie.
4. il apostropha les Catholiques les confirmant en leur

croyance. Chose bien estrange & extraordinaire: le Ministre ne respond vn seul mot à toutes ces attestations, & sommations que luy fist le Iesuite & à ceux de son party: il escouta le tout sans desserrer les dents, la teste baissée, le front couuert de honte. Les Catholiques mesme estoient tous estonnez de voir vn Ministre si muet & si long temps sçauoir l'espace d'vne bonne demie heure. Benist soit Dieu qui humilie ainsi ces sourcilleux Goliats, ennemis du peuple de Dieu, & par leurs propres armes, par l'espée qu'ils brandissent, sçauoir par la pure parole de la Bible, mesme de Geneue, & des consequences deduites d'icelle. Ce qui suit, fit encore dauantage esclatter ceste victoire.

LE MINISTRE REFVSE DE
signer les actes de la Conference: plein
de honte & de confusion l'espace
de trois quarts d'heures.

E Iesuite apres auoir ainsi rendu muet son aduersaire, & si long temps, demande que les actes soient signez, selon qu'il auoit esté promis: la parole lors reuint au Ministre, apres l'auoir perduë l'espace d'vne grosse demie heure entiere: elle luy reuint, mais à sa confusion. La premiere parole qu'il profera, ce fut refusant de signer les actes. Le Iesuite premierement met en

auant la promeſſe auparauant faicte. 2. rémonſtré que
ſigner n'eſtoit autre choſe que teſmoigner que ce qui eſtoit
eſcrit és actes de la Conference par les deux Secretaires,
auoit eſté dicté de part & d'autre, ſans fraude,ce que le
Miniſtre ne pouuoit nier, & toute l'aſſiſtance l'auoit veu:
puis il ſigna luy meſme leſdicts actes. Ie ſoub-ſigné
teſmoigne & recognois tout le contenu des
eſcrits cy-deſſus, auoir eſté dicté de part & d'autre , & eſcrit comme il eſt cy-deſſus couché.
François Veron de la Compagnie de IESVS,
& les ayant ſignez demande à Monſeigneur iuſtice , le
ſuppliant qu'il face que le Miniſtre les ſouſcriue: Le Miniſtre perſiſte en ſon refus,il prie inſtamment & par pluſieurs fois Monſeigneur , de ne luy commander rien contre
ce ſien refus. Monſeigneur dict qu'il luy ſembloit raiſonna-
ble qu'il ſignaſt,qu'il ne luy enioignoit de ſigner , mais la
raiſon le luy commandoit : l'on met la plume à la main du
Miniſtre & par pluſieurs fois : il la tient quelque temps,
puis la remet ſur le tapis , & perſiſte à ne vouloir ſigner:
Monſeigneur (reiteroit-il pluſieurs fois) ne me comman-
dez de ſigner. Le Ieſuite preſſe , taſche de luy perſuader
ceſte ſoub-ſcription , luy remonſtrant meſme que par ce
refus il ſcandaliſoit grandement ſes Egliſes , car par iceluy
il ſe confeſſoit tant plus luy meſme conuaincu. Le Miniſtre
neantmoins perſiſte entier en ce que deſſus. Monſeigneur
luy offre que s'il vouloit ſigner il prendroit vers ſoy tous
les actes, & ſi le lendemain il vouloit refaire de nouueau
ce qui auoit eſté faict, il les dechireroit. Le Ieſuite s'y accor-
de. Le Miniſtre ne veut ioindre non pas meſme à ceſte
condition. Monſeigneur luy demande pourquoy il refuſoit

ſi fort .le preſſe de luy dire. Monſeigneur (reſpondit-il
d'vne voix pitoyable) ie ſçay combien cela m'importe: ſi ie le ſigne, cela ſera public , ie ſçay combien cela importe. Les Egliſes: *il n'adiouſta rien
dauantage. Les Catholiques ſe rient du Paſteur: le pauure troupeau eſt bien eſtonné: les Religionnaires ſont bien
troublez, l'vn change de couleur, l'autre pert toute conte-
nance , &c.* Le Ieſuite preſſe encor la ſignature & dit au
Miniſtre qu'il conſultaſt auec ſes ſurueillants & autres
freres en Chriſt qui eſtoient là de ce faict. Le Paſteur auec
ſon troupeau pour ceſt effect ſe retire à vn coin de chambre. Le Ieſuite voyant que le Miniſtre s'eſloignoit de la
table & de la venë de Monſeigneur & des principaux,
pour ramaſſer ſes brebis eſgarées: craignant que ſous la
faueur de la nuict, le pauure Paſteur ſi hontoyé ne gaignaſt
au pied & ne s'en fuit de la chambre, addreſſant ſa parole
vers ceux qui eſtoient vers la porte de ladicte chambre,
d'vne voix forte & haute s'eſcria: Ie vous prie fer-
mez la porte, que le Miniſtre ne ſen fuye: l'on le
fit: & vn Gentil homme qui ſe trouuoit fortuitement
derriere le Miniſtre, repartit, qu'il luy ſeruiroit de garde-
corps & l'empeſcheroit bien de fuir. Le pauure Berger
qui auoit perdu ſa houlette , euſt de la peine à reünir ſon
trouppeau: il l'aſſembla toutefois. Quelque Catholique ſe fourra parmy ce petit Synode, ſous la faueur de l'ombre de la nuict, qui receut vn ſin-
gulier contentement d'entendre les grandes do-
leances des freres en Chriſt ſur la confuſion de
leur pauure Egliſe: quelques vns iugeoient que
s'ils ſignoient tout eſtoit perdu: quelques au-
E iij

tres, pour adoucir la douleur cuysante qui leur
pressoit le cœur, si la fin (disoient-ils) de ceste
conference n'eust esté telle, le commencement
pouuoit passer, &c. La resolution fut prise de ne
signer: quelqu'vn mit en auant, que ferons-nous
si Monseigneur nous contraint de signer? Il fut
resolu qu'en ce cas l'on protesteroit de force &
violence. *Le Consistoire ne dura pas long temps. le Pa-*
steur ayant pris aduis de ses brebis, retourne vers la table,
confirmé en sa resolution de ne pas soub-scrire aux actes,
bien qu'ils eussent esté escrits par deux Secretaires, l'vn
desquels estoit Religionnaire. Le Iesuite de nouueau presse
son aduersaire de signer: le vaincu & tout son party en-
semble plus obstinément que deuant refuse de ce faire.
Que fera-on? trois quarts d'heure estoient ja passez en ce
debat. En fin auec le consentement du Iesuite l'on laisse
aller le Ministre sans signer, mais auec deux conditions : la
premiere qu'il promettoit à Monseigneur de signer le l'en-
demain, la seconde que l'on continuëroit la dispute, & que
le Ministre prouueroit sa consequence. Le Ministre promit
l'vn & l'autre : & pour ce sujet, mondit Seigneur fit
demeurer tout le iour suiuant Madame de Bours en ceste
ville: Quelque Gentil-homme dit à mondit Seigneur de Longueuille, que s'il ne commandoit
au Ministre de retourner le lendemain, qu'il ne
le tint point homme de bien, si oncques il s'y re-
trouuoit: surquoy vn Religionnaire qui sur tous
s'estoit monstré passionné de son party, dit à vn
Catholique, que son Ministre estoit defferré des
deux pieds, & qu'il craignoit fort que le lende-

main il ne le fut des quatre. *Le Iefuite requift que
matin & foir l'on continuaft la difpute: le Miniftre eftriue,
difant qu'il auoit quelques autres affaires , il fut conclud
qu'elle fe feroit à vne heure apres midy : ainfi fe termina
la feconde feance.*

LES RELIGIONNAIRES FONT
*tous leurs efforts pour empefcher la troifiefme feance,
nonobftant le renfort d'vn fecond Miniftre , venu
en pofte au fecours.*

 A peur donna des aifles non feulement au
Miniftre Hucher pour s'enfuir; mais enco-
re à quelque Mercure du party , pour voler
iufques à Clermont en Beauuoyfi, amenant
du foir au matin le Berger de l'Eglife pretenduë de ce lieu, diftant d'icy quatorze
lieuës. Les aduertiffeurs pendant ce temps eurent fort à
faire pour affembler le petit trouppeau , & notamment le
confiftoire pour refoudre quel expedient on trouueroit
pour defembourber la pauure Eglife ; qui eft d'vn aduis,
qui d'vn autre. Cependant le Miniftre de Clermont porté du zele de l'honneur des freres en Chrift , & d'vn bon
cheual de pofte, couroit en grande hafte: Il court fi vifte,
qu'il arriue vers les dix heures du matin à Amyens. Que
refoudra le Confiftoire de l'Eglife de Saloy voyant ce
nouueau renfort? l'vn dit vne chofe, l'autre vne autre:
Les Miniftres eftoient deux pour combatre ; vn feul Iefuite agiffoit, qui de plus volontairement s'eftoit defar-
mé de l'authorité des Sainéts Peres ; de l'antiquité , des
Conciles, des Miracles, & n'auojt pour armes offenfiues
& deffenfiues que la Bible de Geneue & la confeffion de
foy de la pretenduë reformée : deux redouteront-ils vn

feul, qui s'eſt ainſi deſarmé? quel affront du party? principalement eſtant ſceu qu'vn ſecond Miniſtre eſtoit ia arriué en poſte au ſecours du premier: ceſte raiſon, & le deſir
de recouurer l'honneur perdu au iour precedent, & de
plus, la parole donnée à vn Prince, eſtoient vn grand eſ-
guillon pour reſoudre qu'il falloit rentrer en lice: Mais
de l'autre coſté la memoire fraiſche de la victoire rem-
portee par le Ieſuite auec ſi grand aduantage en preſence
de ſi noble & nombreuſe aſſiſtance, les eſtonnoit; la
crainte (ou pluſtoſt la croyance) de voir deux Miniſtres
enſemble confus & muets; & l'aſſeurance grande de noſtre Theologien, qui monſtroit ne ſe ſoucier ny de deux
ny de dix Miniſtres, tels qu'ils peuſſent eſtre, mais promettoit les mettre tous enſemble au meſme deſarroy auquel il auoit mis le leur, firent prendre reſolution de ne
retourner en la lice, nonobſtant les raiſons au contraire;
à plus forte raiſon fut-il reſolu que le Miniſtre vaincu ne
preſteroit plus le collet à celuy qui l'auoit terraſſé: nonobſtant toute la promeſſe donnée, & quelconque aduantage luy fiſt le Ieſuite. Conformément à quoy le Miniſtre qui eſtoit venu en poſte, apres auoir mangé des ſau-
ciſſes d'Amyens. s'en retourne au petit pas à Clermont
ſans coup ferir & ſans meſme paroiſtre au lieu du combat,
remportant ceſte admonition fraternelle de ne s'y pas
frotter, de peur d'y laiſſer du poil comme ſon compagnon.

*L'arriuée du Miniſtre ſubſidiaire, & le deſſein pris
par les pretendus reformez d'employer le verd & le ſec
pour la rupture de la Conference encommencée, furent
ſceus en meſme temps par le Pere Ieſuite; lequel ſur ce
rapport s'en vint trouuer Monſeigneur, le ſuppliant inſtamment de ne pas permettre que les Religionnaires &
leur Miniſtre fauçaſſent la parole, qu'ils luy auoient donnée; veu meſme qu'vn ſecond Miniſtre eſtoit venu de
renfort; duquel la victoire eſtoit auſſi certaine que celle
de hier.*

de hier. Monseigneur (dit le Iesuite) hier vous vistes le
Ministre à la fin de la Conference reduit aux abois, &
rendu tout à fait muet, ie vous promets le mettre au mesme desarroy, & luy faire perdre la parole ceste apresdinée,
non vne, mais quatre à cinq fois, car ie ne m'entretien-
dray, comme ie fis hier pour le contentement des Catholiques, à respondre à plusieurs choses que met en avant l'aduersaire pour m'amuser, mais poursuivant seulement ma
pointe, en chaque demie heure ou enuiron, ie l'enferreray,
comme ie fis hier ; ie vous en donne parole, pourueu que
par vostre authorité vous faciez garder au Ministre sa
promesse de continuer la dispute. Monseigneur respond
qu'il le desiroit faire, mais qu'il le falloit executer doucement: & de fait il trouua vn expedient & doux & efficace. Il enuoye vn gentil-homme à Madame de Bours
pour cest effect; Ladite Dame cependant auoit enuoyé à
Mondit seigneur vn autre gentil-homme pour le supplier
que la Conference fust rompuë : la chose fut debattuë par
diuers gentils-hommes enuoyez de part & d'autre ; la
promesse auoit esté donnée publiquement, il ne la falloit
rompre: apres vne longue altercatiõ, Monseigneur suruint
au lieu de la Conference; & par son zele religieux, sa
prudence & authorité fit, & doucement & efficacement
reioindre les combatans. Le Iesuite estoit long temps y
auoit en la Chambre : le Ministre ne paroissoit: & comme
l'on pressoit ceux de son party de le faire venir,
& leur reprochoit-on de ce qu'il fuyoit, quelque Religionnaire des plus affidez en ceste affaire, repartit, Nostre Ministre est desferré des
quatre pieds, comment voulez vous qu'il vien-

ne l'ay honte de me monſtrer, comme oſera-il
ainſi mal traicté, le preſenter? Les ſurueillants ou autres du party des Religionnaires parurēt au nom (diſoient-
ils) de leur Egliſe, iceux n'ayant peu tout à fait rompre la
diſpute, demandent qu'elle ne ſe face qu'en preſence de
ſept ou huict; diſent que le Miniſtre ne viendroit qu'à ceſte
condition: la condition en fin leur eſt accordée: la grande
chambre en laquelle noſtre Theologien auoit terraſſé le Miniſtre au iour precedent, eſtoit remplie de pluſieurs perſon-
nes de qualité, qui eſtoient conuenuës pour ouyr ceſte diſpute. Monſeigneur ſortant d'icelle entra en vne autre pe-
tite toute proche, & apres luy Madame de Bours &
quelques autres en bien petit nombre.

FVITTE IGNOMINIEVSE DV
Miniſtre en la troiſielme ſeance.

Lors & non auparauant vn du party des Religionnaires alla querir le Miniſtre, qui arriua peu apres, le
Ieſuite armé du ſeul nouueau Teſtament de la verſion de
Geneue l'attendoit hors de la chambre, tous deux en fin
entrent dans icelle. Noſtre Theologien bien aiſe d'auoir
fait ioindre celuy qui fuyoit, retret en auant en preſence de
l'aſſemblée, le point où le Miniſtre eſtoit demeuré muet en
la precedente ſeance, ſçauoir à la preuue d'vne conſequence nyée, & dit au Miniſtre, Monſieur prouuez voſtre
conſequence, vous auez demande la nuict pour y penſer,
vous l'auez eu & de plus le matin entier. Auſſi toſt tous
ceux du party du Miniſtre meſlant leurs voix enſemble-
ment, proteſterent & s'eſcrierent tout haut & ſouuente-

fois, que leur Ministre n'entrerait de nouueau en dispute,
mais seulement signerait les actes des Conferences precedentes, & qu'il n'estoit venu que pour cest effect. Le Ministre secondant ce dessein, ou plustost ceste fuite, dit à haute
voix & souuent, qu'il ne vouloit prouuer sa consequéce,
qu'au prealable l'on n'eust presentement coppié tous les
actes des Conferences & qu'on les eust collationnez & puis
signez: le Iesuite represente que le Ministre faussoit la parole donnée à vn Prince, remonstre estre assez de signer les
minuttes (l'on n'a coustume de signer autre chose que les-
dites minuttes) adiouste que c'estoit vne faute manifeste,
car en cinq heures à peine eust-on peu coppier tous ces actes;
cependant que fera icy, Monseigneur, & l'assemblée (disoit-il) sont ils venus pour voir deux Secretaires coppier
l'espace de cinq heures: leur presence ne sert de rien pour cela; Et n'obtenant rien pour cela, trouuant vn autre expedient dist : que les Secretaires coppient les actes nous n'y
auons affaire sinon pour les collationner quand ils seront
coppiez, & puis les signer, cependant poursuiuons nostre
dispute, prouuez vostre consequence Ministre, & puis
passons aux autres poinct, ie vous mettray en chacun d'i-
ceux aux mesmes abois ausquels ie vous ay reduit hier.
Le Ministre ioint auec son party persiste au refus de prouuer sa consequence : le Iesuite le somme plusieurs fois de le
faire, & puis esleuant fort haut sa voix (il n'y auoit
qu'vn petit nombre de personnes en la chambre, mais la
porte d'icelle, & vne galerie qui regardoit dedans estoit
toute remplie de monde) protesta que le Ministre ne pouuoit prouuer la consequence à laquelle toutefois aboutissoit
toute la promesse qu'il auoit faict, de monstrer les erreurs

des Catholiques. Il ne peut neantemoins par ceste honte
qu'il faisoit au Ministre tirer autre chose de l'aduersaire:
Ne pouuant il tasche par tout moyen de le faire entrer en
lice sur quelque autre poinct de la Religion, il le prouoque,
l'esguillonne par toute sorte de pointe, mais celuy qui s'e-
stoit trouué si mal mené, ne voulut iamais prester le collet
de nouueau : son patty sans doute renuoyant le
Ministre venu en poste au secours, sans coup ferir, auoit resolu qu'à quelque condition que ce
fust, il ne falloit plus continuer le combat. Que
fera le Theologien Catholique? Apres auoir ainsi tasché
l'espace de plus d'vne heure de faire entrer dans la car-
riere son aduersaire, voyant le Ministre en fuitte, &
qu'il falloit conclure ceste Conference, monstra premierement d'vne voix haute & forte, que la consequence
derniere, que le Ministre ne pouuoit prouuer non seulement estoit fausse, mais n'auoit aucune apparence, &
estoit si mal composée qu'on n'en pouuoit mesme faire vn
faux syllogisme, parce qu'elle contenoit trop apertement
quatre termes, & n'y auoit rien en l'antecedent qui
fust au consequent : Puis recapitula briefuement tous
ce qui auoit esté faict & dict és precedentes seances. Le
Ministre (disoit-il) m'ayant promis de me monstrer selon
sa confession de foy en l'article 31. & 5. que ierre en ce
que ie croy estre en l'Eucharistie le Corps de nostre Seigneur, premierement m'a confessé que la pure parole seposant toute consequence, ne dit rien contre moy ny de mot
à mot ny selon le sens expres & formel : secondement
voulant par consequence necessaire prouuer que ierre,
il ne l'a sceu faire, car toutes ses preuues sont absurdes &

ceste derniere consequence, qui est fausse, sans rime ny raison, & ne la peut prouuer sinon disant ah vous niez
beaucoup, & obstinémere maintenāt qu'elle est bonne:
ainsi toute la promesse du Ministre & de la confession de
foy pretenduë reformée de prouuer par la pure parole de
l'Escriture que i'erre au subiect de l'Eucharistie, se reduit
à l'imagination d'vn Ministre, lequel obstinément perse-
uere à dire que sa consequence est bonne sans la pouuoir
prouuer, & partant la reformation Ministeriale a pour
base & fondement premier, au lieu de pure parole, non
autre chose qu'vne fantasie d'vn Ministre, qui dit qu'v-
ne sienne consequence, bien qu'elle contienne quatre termes,
est bonne, voila la pure parole qu'a la pretenduë reformée.
I'ay monstré (adiousta le Pere) ce que i'auois promis au
commencement de toute ceste Conference, sçauoir de faire
paroistre euidemment, que les Ministres estoient des abuseurs, que la confession de foy de la Religion pretenduë abu-
soit, que les Religionnaires estoient tous abusez: ie l'ay mis
au iour, car i'ay fait paroistre comme les Ministres & leur
confession de foy promettent de monstrer nos erreurs pretendus par la pure parole, & que toutefois ils ne le font
& ne le peuuent faire, ce qui est abuser.

Apres ceste protestation du Iesuite Monseigneur le Duc
ennuyé de toutes ces fuittes & subterfuges du Ministre,
se partit de la chambre, lieu du combat, & apres luy les
principaux de l'assistance : tous tres-ioyeux d'auoir veu le
party Catholique auec tant d'aduantage & si facilement
terrassant & mettant en fuitte l'Heretique, le Catholique
ne s'estant serui que des armes de l'Heretique, sçauoir de
sa Confession de foy & de sa Bible de Geneue.

Le Miniftre honteux, pour couurir fa honte, dit qu'il eftoit content de difputer, pourueu que ce fuft par efcrit fans s'entre-voir l'vn l'autre ; le Iefuite accepta ce combat: mais (adioufta-il) le papier endure tout, les coups ne peuuent porter s'ils ne font tirez contre quelque aduerfaire qui foit prefent, il vaut bien mieux fe ioindre, il vaut mieux fe colleter, qui fuit de fe trouuer fur le champ de bataille, fuit le combat : de plus il follicita les Religionnaires, qui couuroient la honte de leur caufe par vn voile d'ignorance de leur Pafteur, difant & reiterant fouuentefois que leur Miniftre eftoit vn ignorant (ils parloient bien plus honorablement de luy auant cefte deffaite, on le tenoit comme vn oracle du pays) d'euoquer & faire venir d'ou ils voudroient des Miniftres les plus fçauans qu'ils pourroient, & en quel nombre ils voudroient, qu'il fe faifoit fort luy feul n'ayant autres armes que la Bible de Geneue, & leur confeffion de foy, les mettre tous vnis enfemble, au mefme defarroy, auquel ils auoient veu de leurs yeux leur pauure Miniftre reduit; qu'il demeureroit encore plus de cinq fepmaines à Amyens, fçauoir iufques à l'entrée de Carefme, lequel il deuoit prefcher à Abbeuille. Les Religionnaires refpondirent qu'ils tafcheroient de le faire, mais ils n'en ont rien faict. Sur ce deffy nouueau, par lequel le Iefuite defiroit d'engager derechef le party contraire, le pauure Pafteur de Saloy enuironné, & comme porté de fon troupeau bien effrayé, fe retire bien honteux, chargé du blafme d'ignorance par ceux de fon party, & fuiuy de la voix & du compagnon du Pere Veron & de la multitude qui s'efcrierent qu'il s'enfuioit ; noftre Theologien demeurant victorieux fur le champ de bataille.

Le landemain iour dedié a la conuerfion de fainct Paul Apoftre, le peuple Catholique s'affemble en la grande Eglife au fermon iufques au nombre de huict ou neuf mille perfonnes, efperant d'entendre de la bouche de leur Predicateur ce qu'il auoit fait en la deffence de la foy, le Pere fatisfit à leur defir ; & pour cela tenant en

main les actes publics de la Conference, par l'espace d'v-
ne heure & demie en presence de plusieurs qui auoient
assisté au combat, fit vn ample narré de tout ce qui s'e-
stoit dit & faict és trois seances de la Conference:& mar-
quant le moyen par lequel il auoit remporté ceste victoire, instruisit au long le peuple, comme tout Catholique
bien qu'il ne soit Theologien, le pouuoit aysément pra-
ctiquer & s'en seruir ; & par iceluy (disoit-il) mettra au
mesme desarroy tout Ministre,& faire paroistre euidemment à tout Religionnaire qu'il ast abusé. I'ay faict im-
primer ce moyen, & ie le vous ay enuoyé en la premiere
lettre que ie vous ay addressé,tenez-le cher:ceste seconde
lettre en monstre & l'efficace & la practique.

Le Ministre ayant dit en la troisiesme seance qu'il ne
vouloit signer les actes de la Conference qu'ils ne fussent
coppiez,auoit par ceste façon de parler,faict quelque mi-
ne d'estre content de les signer, pour cela le Iesuite ne
voulant perdre aucune occasion, bien que plusieurs luy
dissent qu'il perdoit sa peine, fit coppier lesdits actes dés
le lendemain,& somma le Ministte de les signer : l'aduersaire dilaye,& differe de iour en iour;mais en fin le Iesuite luy faisant dire que s'il ne les signoit, il les feroit soub-
scrire par les Gentils-hommes de Monseigneur le Duc;
apres plusieurs sommations iterées, pensant contenter le
Iesuite soub-scriuit ce qu'il iugeoit luy tourner moins à
blasme,effaçant desdits actes publics,escrits par le Secretaire de la Conference en presence de Monseigneur le
Duc & de toute l'assemblée, ce qui luy chargeoit le front
de plus de honte, sçauoir comme il estoit demeuré muet
en la preuue de sa consequence ; le Pere Veron a par de-
uers soy lesdits actes signez par le Ministre,auec les effa-
ceures tracées par la main mesme du Ministre. Ce pauure
Pasteur esperoit eschaper à meilleur marché par ceste signature, & pensoit que le Pere se contenteroit de cela;
mais il fut frustré de son attente : peu de iours apres le
victorieux luy enuoya le narré de tout ce qui s'estoit non
seulement dit,mais aussi faict & passé publiquement en la

Conference ; Ce narré contenoit les fuites diuerses du
Ministre, & tout ce que j'ay couché en ceste lettre *en ce*
caractère. Le vaincu souscrira-il à ce qui le charge de tant
de honte? Il refuse de ce faire auec le conseil de son party.
Le Pere à son refus le fit presenter par Monsieur l'Au-
mosnier de Monseigneur le Duc (qui auoit en la Conference pris la peine de faire l'office de Secretaire) aux
Gentils-hommes de mondit Seigneur, les priant de tes-
moigner la verité de ce qu'ils auoient veu ; ce que firent
ceux qui se trouuerent lors presens. Le Pere ne voulut
pas demander de Monseigneur sa signature, & pour le
respect qu'il luy portoit & deuoit ; & pour ce qu'il iugea
que ses Gentils-hommes signant, que accompagnant
leur maistre ils estoient tesmoins oculaires de ceste verité (comme ils ont signé) mondit Seigneur tacitement y
souscriuoit. Ceste victoire a grandement retenty & es-
clatté en tous nos quartiers de Picardie, & a fort essouy
ceste prouince fort Catholique. Le pauure troupeau de
la pretenduë en a esté bien effaré, Madame de Bours a
esté bien aigrement reprise (bien que sans raison) d'auoir
esté occasion de ce grand mal : Le Ministre est en grand
danger d'estre deposé de sa charge : Il a escrit çà & là,
pour s'excuser enuers les freres en Christ : Quelque personne principale (maintenant Catholique, qui autrefois
a esté des premiers de quelque consistoire Huguenot, &
qui sçait leur façon de proceder) qui a assisté à ceste Conference, disoit au Pere, qu'il tenoit pour certain, que le
Ministre seroit debouté de sa place au premier Synode
des Ministres, & confiné en quelque Bourg ou village;
les Religionnaires le chargent de mille opprobres d'i-
gnorance, pensant ainsi couurir la honte de leur cause;
ils n'en parloient ainsi auant la Conference, mais au contraire, ceux de ceste Prouince de Picardie qui auoient
quelque chose de difficile à resoudre, auoient recours à
luy comme à l'oracle de leurs Eglises. Quelque Gentil-
homme Religionaire fort zelé de son party, disoit au
Pere Veron qu'il voudroit luy auoir cousté vn doigt de
la main

la main, & que ceste dispute n'eust pas esté : le mesme
estant adoucy apres quelque Conference auec ledit Pere,
luy confessa, ayant conferé par la direction dudit Pere, les
passages que cotte sa Confession de foy, en iustification
de ses articles; que lesdits passages & textes de l'escriture,
mesme selon la version de Geneue, ne prononcent ny ce
que disent lesdits articles, ny chose qui en approche : &
tout Religionnaire qui les voudra conferer, trouuera manifestement estre ainsi, & partant estre abusé.

Depuis la presente escrite, le Ministre a mis au iour vn
petit liuret sous le nom de Madame de Bours ; bien manifeste est la victoire de nostre Theologien, puis que
l'aduersaire encores qu'il tasche de voiler de quelques
ombres l'esclat d'icelle, & taise plusieurs choses qui l'illu-
strerent, se confesse toutefois vaincu, & aduoüe le principal de ce que ie vous ay escrit, voicy comment Ayant
promis en la page 14. de son imprimé de monstrer (à
quoy aussi l oblige l'art. 31. & 5. de sa Confession de foy)
par la pure parole de la Bible, au moins de Geneue, *que
le corps du fils de Dieu n'est pas en l'Eucharistie :* il dit en la page 16. *franchement ie confesse que ceste proposition ; (le corps de
Iesus Christ n'est point en l'Eucharistie,) ne se trouue pas mot
pour mot en l'escriture ; mais elle se fait des mots de l'escriture:
elle est deduicte par vne consequence de la pure parole de Dieu ;
& il suffit que des passages de l'escriture elle s'ensuit ;* & plus de
quinze fois aduoüe és pages 15.16.17.18. qu'il ne nous peut
arguer d'erreur par la pure parole sans consequence,
mais seulement par consequence, qu'il dit qu'il deduira (ce
n'est pas l'escriture qui la deduira, c'est luy) de la pure
parole de Dieu. Ainsi selon ce qu'il aduoüe, en la premiere seance il a abandonné & renoncé à la pure parole escrite aux fins & en l'exercice de reformateur, & consequemment a renoncé aux art. 31. & 5. de sa Confession
de foy. En la page 30. parlant de la fin de la seconde seance, apres auoir rapporté, que le Iesuite luy nia la consequence d'vn sien argument, auquel aboutissoit tout ce
qu'il auoit dit auparauant, il confesse franchement qu'il

demeura court en la preuue d'icelle : car apres la preuue
qu'il en a inferée en fon liuret, imprimé plus de deux
moys apres la difpute, il adioufte. *Eſt icy à noter qu'on ne*
peut le lendemain obtenir que ceſte derniere reſponce fuſt adiou-
ſtée, mais i'ay trouué bon d'en faire icy part à mes amys. Il aduoüe doncques que quand fa confequence fut niée &
falloit la prouuer, il demeura court & fans preuue de ce
qui eſtoit nié, bien qu'il fuſt preſſé long temps d'apporter ceſte preuue, & qu'on ne le laiſſaſt euader qu'vne
groſſe heure apres, & tout cela en prefence de Monſeigneur & de toute l'aſſemblée : ie dits qu'il demeura muet;
il confeſſe qu'il ne prouua pas ce qui eſtoit nié, & à quoy
aboutiſſoit tout ce qu'il auoit dit auparauant, nous ne
fommes guere differents l'vn de l'autre. Et en la page 10.
parlant du meſme temps, ſçauoir auquel le Ieſuite le
preſſoit de prouuer ceſte confequence, il dit ces mots.
Le Hucher deſira ſe retirer. Lors le Ieſuite accompagné des cris
& applaudiſſemens de la multitude, proteſta que c'eſtoit fuyr,
qu'il falloit reſpondre ou confeſſer qu'on ne pouuoit le faire, &
ſigner. Monſeigneur le Duc de Longueuille iugea que c'eſtoit aſſez
que le Hucher promiſt de retourner, pour reſpondre & ſigner,
ces mots n'ont pas befoin d'interprete : ie dis que le Miniſtre s'enfuit ; il adoüe qu'il ſe retira : ſe retirer eſtant
pourſuiuy viuement de fon ennemy, s'appelle en bon
françois, s'enfuir. Que dira-il de la troiſieſme feance? I'ay
dit que honteufement il prit la fuite. Le pauure Paſteur
adoüe la retraicte : mais pour couurir vn peu fa honte,
il faict dire à Madame de Bours qu'elle en fut caufe. Voicy les paroles de ladicte Dame ou pluftoſt, du Miniſtre
qui la faict difcourir comme il veut, parlant de la troiſieſme feance pour aſſiſter à laquelle Monſeigneur eſtoit ja
arriué. *Recognoiſſant le danger ou i'expoſois ce Paſteur & ſon*
petit troupeau, ie priay le Hucher qu'il ne ſe laiſſaſt emporter plus
auant à la Conference, choſe auſſi dont ie ſuppliay Monſeigneur
le Duc : & ainſi ce bon prince ſe retira, & nous apres luy. Les
Ieſuites en furent faſchez : leurs partizans vinrent heurter incon-
tinent apres à la porte de ma chambre & l'vn des Ieſuites ſortiſt

en la raē pour crier que le champ de bataille leur eʃtoit demeuré.
Vous euʃsiez dit voyant ces inʃolences, que le troupeau de Dieu
s'en troit diʃsipé. Il ne parle pas trop obʃcurement, vous
entendez bien ce que cela veut dire. En ceʃt eʃchantillon
vous recognoiʃʃez que le Miniʃtre adoüe auoir eʃté
contraint d'abandonner la pure parole de la Bible meʃ-
me de Geneue, en la premiere ʃeance ; rendu muet en la
ʃeconde ; & s'eʃtre ʃauué par vne fuitte honteuʃe en la
troiʃieʃme.

Il adoüe auʃʃi la pluʃpart des circonʃtances au reʃte
de ʃon liuret, qui illuʃtrerent la victoire du Ieʃuite ; vray
toutesfois eʃt que pour diminuer ʃon eʃclat, il tâche la
voiler de quelques fictions menʃongeres & paʃʃe ʃous
ʃilence pluʃieurs choʃes, comme ʃon refus de ʃigner, la
venuë du Miniʃtre ʃubʃidiaire, &c. Ce que ie vous ay
eʃcrit bien ʃoub-ʃigné, refute ce qu'il inuente, & deduit
ce qu'il taiʃt. Ie ne dois obmettre à reʃpondre à vne
preuue qu'il confeʃʃe auoir adiouʃté en ce liuret (imprimé deux moys apres la Conference) de la conʃequence,
en la iuʃtification de laquelle il eʃtoit demeuré muet à la
fin de la ʃeconde ʃeance. Pour y reʃpondre faut remettre
en auant l'argument dernier que fit le Miniʃtre à la fin
de ladite ʃeconde ʃeance ; Le voicy, comme ie l'ay couché en ʃon lieu; *Ce ʃont les diʃenʃions qui le rendent tel qu'il*
occupe quelque eʃpace ; aduenant donc qu'il eʃp. pluʃieurs eʃpa-
ces il n'eʃt plus corps : à quoy reʃpondit le Ieʃuite. *Ie me lɛ*
conʃequence. Le Miniʃtre la deuoit prouuer; Il ne peuʃt, &
demeura muet l'eʃpace d'vne demie heure entiere comme ie vous ay eʃcrit ; Deux moys apres imprimant ʃon
liuret, il tâche de la prouuer parce que, dit-il, *ce n'eʃt*
point choʃe moins abʃurde qu'vn corps occupe deux eʃpaces, que
trois, & trois que quatre, &c. or eʃtre ainʃi tout à la fois en
tant & tant d'eʃpaces, n'eʃt point le propre d'vn Ange moins
encore d'vn corps, mais de Dieu ʃeul : attribuer donc ceʃte pro-
prieté à vn corps c'eʃt faire qu'il ne ʃoit plus corps, mais vn
eʃprit infiny. Voila la preuue du Miniʃtre. A quoy ie re-
ʃponds que le Miniʃtre ne preuue pas ce qui luy a eʃté

nié, car il tasche de prouuer le consequent de l'argument
qu'il auoit faict, & le Iesuite luy auoit nié la consequence, qui consiste en l'illation du consequent de son antecedent; Le Ministre ne preuue ceste illation (qui est la
consequence) estre bonne, mais parle seulement du consequent. Et de vray il est bien esloigné de pouuoir prouuer sa consequence, il n'y a Demon qui la puisse prouuer;
car son argument contient manifestement quatre termes, & n'y a aucun terme en l'antecedent de ceux qui
sont au consequent. Ministre vous eussiez esté arresté
tout court par la par nostre Theologien, si luy eussiez apporté lors qu'il falloit ceste preuue. Mais de plus vous
faisant grace de vous admettre à prouuer le consequent;
ie responds que ny corps ny Ange peut estre naturellement en plusieurs lieux, c'est le propre de Dieu seul d'y
estre ains estre par tout naturellement, mais surnaturellement & le corps & l'Ange peuuent occuper plusieurs espaces: comme c'est le propre de Dieu seul de iouyr naturellement de la veue claire & intuitiue de soy-mesme; ny
homme ny Ange peut naturellement voir Dieu face à face; surnaturellement toutefois tous les esprits bien heu-
reux le voyent; Ne pour cela ny l'homme ny l'Ange de-
uient vn Dieu & esprit infiny: mais seulement il est faict
participant de quelques perfections de Dieu, ce qui peut
estre & est au dire de S. Pierre; qui enseigne que nous
sommes participans de la nature Diuine. Que si cest argument si foit l de l'aduersaire, estoit efficace, il conclu-
roit que les Saincts ne voyent pas Dieu face à face, &
consequemment qu'il n'y a point de Paradis, car c'est
le propre de Dieu d'estre felicité de ceste veuë. Pasteur
errant n'auez vous sçeu l'espace de deux moys trouuer
quelque addresse & quelque sentier, par lequel puissiez
fuyr plus à couuert? Il tasche par apres de rebrousser chemin, & veut que le Iesuite luy prouue que le Corps de
nostre Seigneur est en l'Eucharistie? Le Iesuite ne se
laisse si aisement donner le change; Souuenez vous de la
promesse que luy auez faicte au commencement de ceste

Conference : vous estes selon l'article 31. de vostre Confession de foy acteur, & auez tousiours esté tel en ce combat; & luy deffendeur, il à suby la personne de l'instruict; il vous nie vostre consequence, & vous le voudriez faire prouuer : il est trop bien duit és escholes, pour se laisser donner vn si gros change. Finablement le Ministre allegue trois passages des saincts Peres. Souuenez vous de vostre promesse qui a esté de monstrer par la pure escriture nos erreurs pretendus : souuenez vous de l'article 5. de vostre Confession de foy qui oblige à seposer l'authorité des saincts Peres : l'authorité desquels si vouliez recognoistre, rayant cest article de vostre Confession, nos debats seroient bien tost finis, car tous, & par volumes entiers, enseignent ce que nous croyons : & ceux que auez allegué ne parlent és passages cottez par vous, que de la presence visible & naturelle, car d'icelle seule ils agissoient pour lors & enseignent fort bien, que Iesus-Christ estant selon icelle en vn lieu, au mesme temps il n'estoit pas en l'autre. Nions-nous cela ? Ce que nous croyons de ceste presence en l Eucharistie, ils l'enseignent en mille lieux : vous seriez bien ignorant si ne le sçauez.

Voyla (Monsieur) le narré de la Conference que ie vous auois promis, auquel i'adiouste vn brief epitome & abregé de la maniere & façon selon laquelle le Pere a remporté ceste victoire, & par laquelle tout Catholique bien qu'il ne soit duict en Theologie, peut rendre muet tout Ministre, & peut faire paroistre à tout Religionnaire qu'il est abusé ; maniere que ie vous ay deduit au long en la premiere lettre que ie vous ay escrit. Ie ne veux entremsler ceste lettre d'autre nouuelles seculieres, ie suis & seray à iamais

Vostre tres affectionné à vous seruir DE LA TOVR.

D'Amyens, ce dixseptiesme Auril, 1615.

Attestations de ceste Conference

Elle est toute entiere sous-signée du Pere Fran=
çois Veron Iesuite, en ces termes.

IE sous-signé recognois, que ce qui s'est dict,
faict & passé en la Conference que i'ay euë a-
uec le Ministre Hucher en ce mois de Ianuier,
est fidellement descrit en ce narré. Faict à Amyens, ce 30. de Ianuier. 1615.

> *François Veron de la Compagnie de IESVS.*

Ce qui est escrit en ceste lettre en ceste sorte de charactere,
est sous-scrit des Gentils-hommes de Monseigneur le
Duc de Longueuille, en ces mots.

NOVS sous-signez Gentils-hommes de la suitte de
Monseigneur de Longueuille, certifions, accompa-
gnans mondit Seigneur, auoir esté aux Conferences, dont
le narré est cy-dessus transcrit, ainsi qu'il s'est veritablement passé. Faict à Amyens, ce 12. de Feurier. 1615.

Pelletot, Foucaucour, Le Cheualier de Moyencourt,
Gondreuille, Tannerre, Gouftimenil, Courtauenel

Ce qui est en ceste missiue, en ceste forme & charactere, est signé
non seulement du Iesuite & des autres, mais aussi du Ministre
Hucher en ceste façon.

IE soub-signé tesmoigne & recognois tout le contenu des escrits
cy-dessus, auoir esté dicté de part & d'autre, & escrit comme
il est cy-dessus couché.

> A. LE HVCHER

SOMMAIRE DE LA MA-
niere par laquelle tout Catholique peut ai-
sement rendre muet tout Ministre,
& monstrer à tout Religion-
naire qu'il est abusé.

E sommaire consiste en cecy. Le Catholique traictant auec vn Religionnaire, soit Ministre soit autre, doit premierement mettre deuant les yeux de
son aduersaire, qu'il professe auec ceux
de son party, par l'article 31. & 5. de sa
confession de foy, d'estre enuoyé de
Dieu pour apporter la pure verité, en-
seigner ce qu'on doit croire, & reformer les abus de l'E-
glise Romaine ; & faire tout cela par la pure parole escrite. 2. conformement à ceste profession ledit Catholique
subissant la personne de celuy qui veut estre instruict &
reformé s'il auoit des abus, doit sommer le Religionnaire de luy dire ce qu'il doit croire & ce qu'il doit reietter
& de luy iustifier le tout par la pure parole escrite. 3. que
le Catholique commence par la verification des propositions affirmatiues que le Religionnaire luy veut faire
croire ; sommant ledit Religionnaire de luy monstrer par
la pure parole ce qui est en la confession de foy de la Religion pretenduë en l'article 36. & 37. *que la Cene est figure*
du Corps de Iesus-Christ ; que ce que dit nostre Seigneur (le pain
que ie vous donneray est ma chair) ou (cecy est mon Corps) se
doit entendre spirituellement, tellemeut que le corps ne
soit qu'au Ciel & non pas (comme dit le Cathechisme

de la pretendue au Dimenche 53.) contenu dans les especes des elements corruptibles du pain & du vin, *qu'on mange ce Corps en la Cene par la bouche de la foy* que Iesus-Christ, est (en ladite confession article 24.) *seul Aduocat*, que *la foy* (article 20.) *seule iustifie*, que *le peché originel* (art. 11.) *demeure quant à la coulpe apres le Baptesme*. Voila les principaux points que ces reformateurs qui apportent la lumiere celeste veulent faire croire & ont couché en leur Confession de foy; & les doiuent selon leur article 5. prouuer par la pure parole; qu'ils apportent donc la pure parole escrite qui prononce ces articles & propositions affirmatiues; ils ne le peuuent comme il appert par l'examen que i'ay faict de leurs articles; & sans cest examen, il n'est besoin que d'auoir des yeux pour le recognoistre, confrontant les textes de la Bible qu'ils cottent à la marge desdits articles, auec les mesmes articles; car par ainsi on verra & tres-euidemment, que ces textes ne prononcent ce que ces articles enseignent.

Apres cela 4. faut presser les Religionaires de monstrer par la pure parole noz erreurs pretenduz; qu'ils citent les passages de l'escriture qui prononcent les clauses suiuantes qui toutes sont couchées en leur confession de foy en l'article 24. *Le Purgatoire est vne illusion: De l'abus & fallace de Sathan sont procedez, les vœux monastiques: les pelerinages; deffences du mariage, & de l'vsage des viandes; l'obseruation ceremonieuse des iours; la confession auriculaire; les Indulgences & toutes autres choses, par lesquelles on pense meriter grace & salut*, &, ce qui est le fondement de plusieurs arrests de comdemnation qu'ils prononcent contre nous, *qu'il ne faut rien croire que ce qui est en la parole escrite* comme dit l'art. 5. de leur confession. L'examen precedét iustifie qu'ils ne peuuent mostrer chose aucune des precedentes. Pressez Catoliques les Religionaires de faire cela; ils ne peuuent refuser de ce faire sans renöcer à leur confession de foy, qui proteste d'estre venuë pour ce faire: Ainsi vous rendrez bien tost muets & les Ministres, & les autres Religionaires, pourueu que vous ne vous laissiez don-

fiez donner le change, & gardiez qu'ils ne vous rendent
acteurs. Ils ne vous peuuent demander que soyez acteurs,
car selon leur article 31. ils sōt enuoyez pour nous reformer, c'est doncques à nous à les ouyr & escouter, ausquels ils apportent la reformation, & non pas à agir : &
demandant que soyons acteurs, ils font contre leur Cōn-
fession de foy. Tenez vous fermes là, & si les Religionnaires, se voyant pressez confessent ne pouuoir par la
pure parole escrite, ny monstrer leurs articles affirmatifs
de foy, ny faire paroistre nos erreurs pretendus, mais
pour ce faire veulent auoir recours à des interpretations
& consequences non escrites : si vous n'estes versez en
Theologie contentez vous de ceste victoire, vous auez
faict renoncer au Religionnaire à l'article 31. & 5. de sa
confession ; & de plus representez luy que puisque ses
interpretations ne peuuent estre leuës par les yeux du
Corps sur le papier, mesme de la Bible de Geneue, qu'elles ne peuuent estre parole escrite. Si le Catholique est
duict ès escholes de Theologie, il peut passer plus outre
selon que i'ay dit cy dessus, & respondre aux consequences ou interpretations du Ministre, mais qu'il se souuien-
ne de se contenter de la personne du deffendeur, car ainsi
il rendra bien tost muet le Ministre.

Pareillement si vous voulez faire paroistre à quelque
Religionnaire qu'il est abusé faites en ceste façon, representez luy comme sa confession de foy en l'article 5.
luy promet ne luy rien faire croire, que la pure parole
escrite ne dise ; & toutefois elle luy fait croire que *Iesu-*
Christ est seul Aduocat, que la seule foy iustifie, &c. sans que
le texte qu'elle cotte à la marge desdicts articles le dise :
de plus elle luy faict prononcer que *le Purgatoire est illu-*
sion, que de la boutique de Sathan sont procedez les vœux mo-
nastiques, les pelerinages, les Indulgences & toutefois elle ne
cotte aucun texte qui prononce ces arrests : & les passages qu'elle apporte pour prouuer *qu'il ne faille rien croire*
que la parole escrite, qu'il faille reietter la parole de Dieu, si elle
n'est par escrit, ne prononcent cela. Vous pouuez Catho-

liques faire paroiftre tout cela par l'examen coûché cy-
deffus,&conclure que le Religionnaire eft abufé.Preflez-
le fur ce poinct, monftrez luy, vous le pouuez faire euidemment par l'examen fufdit, & partant vous pouuez
euidemment monftrer qu'il eft abufé.

Meffieurs de la Religion pretenduë, fi vous n'auez
les yeux tout à fait cillez, vous feruant de ce moyen, vous
vous pouuez recognoiftre euidemment abufez ; & pref-
fant vos Miniftres de iuftifier par la pure parole efcrite
ce que voftre Confeffion de foy enfeigne, vous les re-
cognoiftrez euidemment abufeurs ; ils font abufeurs,
quand ils ne manqueroient qu'à la iuftification d'vn feul
point, & n'en pouuant iuftifier vn feul de tous les fuf-
dits, comme ils ne peuuent, combien de fois vous abu-
fent-ils ? Preflez-les fans leur laiffer donner le change,
& rufer : vous verrez, auffi euidemment que le Soleil
luift, qu'ils vous abufent, & qu'eftes abufez fous le pretexte de la pure parole de Dieu · ce qui eft pure parole
efcrite, peut eftre leu de quiconque a des yeux & fçait
lire. Vous pouuez par ce tres-brief & tres-facile moyen,
fans longues & fubtiles difputes, encore que ne foyez
verfez és fainctes lettres, ny en Theologie , pourueu
feulement que fçachiez lire en François en la Bible de
Geneue, fans l'ayde d'aucun, vous cognoiftre & euidemment abufez. Ie dits euidemment, car la chofe ne
confifte qu'à lire en François ; vous verrez affeurement
& manifeftement que la pure parole fans interpretations
& glofes Minifteriales (car auec icelles elle n'eft pas
pure) cottée à la marge de chaque article controuerfé
entre vous & nous de voftre confeffion de foy , ne dit
pas ce que l'article enfeigne ; & partant qu'eftes abufez.
Iuftifiez lefdits paffages cottez en la marge de vos articles, il vous eft aifé de le faire de vous mefme : Ains
de plus confefferez, ce que confeffa le Gentil-homme
Religionnaire duquel il eft faict mention cy-deffus;
que ladite pure parole ne dit chofe qui approche de ce
qu'enfeigne l'article ; & que tous lefdits articles ne con-

tiennent que des phantaisies de gens qui se sont reuol-
tez contre l'Eglise & la discipline d'icelle. Vous estès
grandement blasmables, de renoncer aux Saincts Peres;
à l'antiquité, aux miracles, aux Conciles, aux decrets,
ou arrests, &c. comme selon vostre Confession de foy
article 5. vous renoncez : ains vous opposer à l'escriture
mesme ; pour dés interpretations coulourées du nom
de pure parole de la Bible, & phantaisies de ie ne scay
quels nouueaux Ministres : Pensez à ce que respondrez
deuant Dieu au iour de ses assises vniuerselles.

F I N.

www.ingramcontent.com/pod-product-compliance
Lightning Source LLC
Chambersburg PA
CBHW060801180626
46818CB00002B/650